NON STOP

Meggie Benson
Heiße Versuchung

Roman

NON STOP

NON STOP
Nr. 22821
im Verlag Ullstein GmbH,
Frankfurt/M – Berlin
Titel der Originalausgabe:
Pleasure Lodge
Aus dem Amerikanischen
übersetzt von
Ernst Heyda

Neu eingerichtete Ausgabe

Umschlagentwurf:
Theodor Bayer-Eynck
Foto: Wade Cooper Associates
© 1970 by Tower Publications, Inc.,
New York
© 1972 by Verlagsgesellschaft Frankfurt
Alle Rechte vorbehalten
Printed in Germany 1992
Gesamtherstellung: Ebner Ulm
ISBN 3 548 22821 6

September 1992
Gedruckt auf Papier mit
chlorfrei gebleichtem Zellstoff

Die Deutsche Bibliothek –
CIP-Einheitsaufnahme

Benson, Meggie:
Heiße Versuchung: Roman/Meggie
Benson. [Aus dem Amerikan. übers. von
Ernst Heyda]. – Neu eingerichtete Ausg. –
Frankfurt/M; Berlin: Ullstein, 1992
  (Ullstein-Buch; Nr. 22821: Non-stop)
  ISBN 3-548-22821-6
NE: GT

1

Er betrachtete Katy Peters wohlgerundete Hüften in den grünen Skihosen, als sie ihn in den überfüllten Skiladen der Tiger Mountain Lodge führte.

Sie erinnerte ihn an ein Mädchen, mit dem er auf dem College Beziehungen gehabt hatte. Anfangs war sie im Bett eine Niete gewesen, aber als er sie verließ, war sie durchaus im Bilde, und Roy Chrysler war sicher, daß sie auch jetzt noch eine Menge Spaß an ihrem Körper hatte. Ob sie wohl manchmal an ihren Lehrmeister zurückdachte?

Er lächelte bei diesem Gedanken und fragte sich, was wohl mit der rothaarigen Katy los war.

Der Skiladen war ein Irrenhaus. Drei verstörte Burschen, die sicherlich aus einem College kamen und hier ein paar Kröten verdienen wollten, bemühten sich um einen Haufen kichernder, glücklicher Schülerinnen, die Leihskier, Stöcke und Stiefel haben wollten.

Katy Peters betrachtete ihn aus amüsierten Augen hinter einer großen Hornbrille und sagte: »Hier ist an den Wochenenden eine Menge los. Es ist unser großes Geschäft.«

Sie sah auf ihre Armbanduhr.

Halb neun. Die ersten Busse aus Los Angeles müssen schon eingedrudelt sein. Sonnabends kommen gewöhnlich sechs oder acht Busse.«

»Soll ich gleich mit der Arbeit beginnen?«

»Ach was! Das schaffen die Männer schon. Ich will Ihnen erst einmal alles zeigen, damit Sie im Bilde sind. Sie können dann in einer halben Stunde wieder hier sein.«

Roy sah sich kurz im Laden um: Skier, Stöcke, Stiefel, Tische voller Hosen in allen Farben, Pullover, Jacken, Wachs, Handschuhe, Socken, Mützen ... – alles, was das Skifahrerherz begehrte.

Der Skiladen war von den anderen Räumlichkeiten durch große Glastüren getrennt. Die Wände verjüngten sich nach oben zum Dach hin. Alles sah wie ein A aus, zu dem weitere Gebäude in A-Form gehörten.

Kay deutete auf eine Empore. »Dort ist das Lager.«

Als ihre Blicke sich begegneten, sah Roy, daß sie verwirrt und fast ängstlich aussah. Er nickte und blickte ihr tief in die Augen. Er war nicht besonders an ihr interessiert, obwohl sie die stellvertretende Managerin und er nur ein Nichtstuer war, der sich vorgenommen hatte, seinen Lebensunterhalt für einige Zeit in der Nähe des Skigeländes zu verdienen.

Er kannte die Wirkung seiner Blicke auf Frauen und Mädchen; er wußte, was in ihren Körpern vorging, auch wenn sie sich weigerten, es gleich zuzugeben. Er kannte die Faszination seiner blonden Haare, seiner blauen Augen, der gebräunten Haut und des geschmeidigen, über einsachtzig großen Körpers.

Katy Peters glich den Mädchen auf der Los-Angeles-Uni oder jenen, die er auf Skipisten kennengelernt und geliebt hatte; sie alle waren von seinem Aussehen beeindruckt gewesen. Er glich einem Filmstar und wußte es. Sicher, manche hatten seinen Egoismuß und seinen draufgängerischen Sex nicht gleich gemocht, sie hatten seine Unbekümmertheit vielleicht sogar gehaßt, aber wenn er sie geküßt hatte, wenn sie seine Finger an ihren Brüsten gespürt hatten, waren sie verloren gewesen.

Katy mußte Mitte 20 sein, ihre Reife zeigte sich an den Linien um ihren Mund mit den vollen Lippen. Ein Kußmund, dachte Roy; sie ist eine der Frauen, die beim Küssen anfangen zu zittern, wenn sie die Leidenschaft in sich aufsteigen spüren. Sie mußte weiches Fleisch haben, wenn man sie anfaßte, molliges, weiches Fleisch ... und sicherlich war sie auf ihre kleinen Füße stolzer als auf ihre üppigen Brüste.

Roy hatte sofort die riesigen Hügel unter dem orangefarbenen Wollpulli bemerkt, obwohl sie sicherlich in einem festen Büstenhalter steckten, weil das Mädchen Angst davor hatte, daß sie beim Gehen zu sehr zitterten. Sie konnten gar nicht so fest sein, daß sie sich selbst trugen, aber es war nett sich das vorzustellen: volle, sehr volle Brüste mit rosa Knospen, die ein wenig nach oben standen. Außerdem liebte er volle Brüste, die er mit seiner Zunge liebkosen konnte.

Ihre Augen flackerten. Sie schien ihn kühler anzusehen, ihre Wangen röteten sich, aber Roy wußte, daß er sie jederzeit küssen konnte ... immer ... immer, wann er es wollte ...

»Wir – wir brauchen Sie hier von 6 bis Mittag ... an Sonnabenden und an Sonntagen«, sagte sie lebhaft. »An Wochentagen bis 10. Bis 2 ist frei, dann wieder bis 6 Uhr. An Wochenendtagen nur bis 4 ...«

Er grinste. »Sie bringen mich ganz schön durcheinander«.

Ihre Augen wurden wieder weicher. »Ich werde es Ihnen aufschreiben.«

»Sie sagten, ich müßte auch abends arbeiten?«

»Ja. Im Lair. Von 7 bis um 10 Uhr – die ganze Woche über.« Er runzelte die Stirn. Lair, ein merkwürdiger Name. Soviel wußte er: man bezeichnete das Lager wilder Tiere als Lair.

»Und was ist das Lair?«

»Unser Party-Raum. Sie werden hinter der Snack-Bar sein. Ich werde es Ihnen zeigen. Es ist sehr gut, daß Sie eine solche Arbeit schon früher getan haben, Sie werden bestimmt eine gute Kraft sein.«

»Ja ...«

Roy erinnerte sich an eine Zeit vor fünf Jahren, als er in einer Skihütte hatte wohnen können, ganz privat, und mit allen Vorteilen, die man der ersten Klasse gewährte. Er hatte damals die ganzen Tage für sich gehabt, er hatte die kalte und einsame Pracht der weißen Berge genießen können.

Er biß sich auf die Zähne und schüttelte heftig den Kopf. Nur nicht mehr daran denken!

Katy Peters führte ihn durch die große Lobby mit ihren riesigen Kaminen und langen Couchen. Dort saßen Skifahrer, die sich unterhielten, tranken, unter deren Füßen der Schnee, den sie hereingetragen hatten, zu schmelzen begann; die lachten, sich dem Feuer zuwandten und so taten, als seien sie seit Jahren die besten Freunde ...

Sie sagte: »Ich werden Ihnen nachher zeigen, wo Sie essen werden und schlafen sollen.«

Sie gingen durch eine Seitentür in der Nähe der Rezeption und waren in einer anderen Welt. Hier waren die Wände nicht mehr mit Holz bedeckt, es ware Steinwände, die grün und elfenbein bemalt waren. Auch die Böden waren anders. Es waren dicke Holzblöcke, die wie ein Mosaikmuster wirkten. Das Licht war trüber, die Luft roch nach Essen.

Der Korridor führte sie zu einer sehr modernen Küche in der

Nähe des Hauptspeiseraums. An den Wänden standen drei Aluminiumtische mit langen Aluminiumbänken. Zwei junge Männer und eine grün uniformierte Kellnerin saßen da, tranken Kaffee aus dicken weißen Bechern.

Katy winkte den weiß uniformierten Köchen und den Kellnerinnen zu; einige von ihnen verließen die Küche mit dampfenden Küchentabletts und gingen durch die Schwingtüren nach rechts.

»Hey, Jean«, sagte sie zu einem dicken Koch, der über fünfzig sein mußte. »Noch einen Mund zu füttern!« Sie sog tief die Luft ein. »Es riecht köstlich.«

Bis auf drei Frauen waren die Kellnerinnen alle jung, manche sehr jung sogar. Sie stießen sich an, als sie Roy sahen.

Der Koch lächelte und zeigte goldene Zähne.

»Geben Sie ihm ein Abzeichen, und ich werde ihn füllen – den Mund, meine ich. Ohne Abzeichen wird er hier vor Hunger umkommen.«

Katy sah zu Roy: »Sie können zu jeder Zeit an diesen Tischen essen. Es ist immer Essen da, wenn Sie hungrig sind. Ich werde Ihnen dann auch das Abzeichen geben.«

Roy nickte abwesend, während er die Kellnerinnen betrachtete. Schmuck, dachte er; alle Formen und Größen, jung, und sie sahen in der grünen Uniform gut aus. Er grinste. Er hatte eine Menge Auswahl, diese ... jene und vor allem die da hinten. Die da hinten war klein und schlank mit hohen festen Brüsten und den brennenden Blicken eines Mädchens, das den Sex sehr liebt. Ihre Blicke begegneten sich einen Augenblick lang und schickten die Botschaft aus und empfingen sie, die sie beide gut verstanden.

Katy berührte seinen Arm.

»Und hier geht es zu den Schlafräumen.«

Sie hatte den Austausch der Blicke beobachtet, ihre Stimme war kalt, ihre Augen enttäuscht und verletzt, als sie den Weg durch eine Halle gingen, an Badezimmern vorbei, bis zu einem Schlafraum. Katy begrüßte einen alten, grauhaarigen Mann, der in einer Ecke saß und Handtücher aus einem Wäschesack abzählte. »Pop, hier ist ein Neuer. Welches Bett wird er bekommen?«

Der alte Mann sah auf und wies mit einer runzeligen Hand nach links. »16. Ich habe es gerade fertiggemacht, Katy.«

»Danke.« Sie deutete auf eine Reihe hoher grüner Schränke. »Nehmen Sie Nummer 16. Und schließen Sie ihn immer ab. Es wird überall gestohlen.«

»Ich weiß.«

Ach ja, Sie haben ja schon drei Saisons lang in Skizentren gearbeitet.« Sie sog ihre rote Oberlippe ein, als sei sie neugierig.

Roy wußte, daß sie ihn früher oder später alles das fragen würde, was die anderen schon gefragt hatten. Er sagte ruhig: »Wann bekomme ich dieses Abzeichen? Ich bin ziemlich hungrig.«

»Ich werde Ihnen zuerst das Lair zeigen. Dann können wir uns noch in meinem Büro unterhalten.«

Roy nickte. Er ahnte schon, worüber sie mit ihm sprechen wollte.

Sie verließen den Schlafraum, gingen durch schwere Stahltüren und schließlich eine rückwärtige Treppe hinauf. Roy sah, daß es mindestens zwei Stockwerke gab. Er hörte ein Rumpeln und Ächzen. Der Boden unter seinen Füßen vibrierte. Er sah über das Geländer.

»Die Heizungsanlage«, sagte Katy.

»Sie machen Ihre eigene Elektrizität?«

»Nur in Notfällen.« Sie führte ihn weiter die Treppe hinauf. Das Lair, im 3. Stock, war eine imitierte Höhle. Die Dekoration war ziemlich primitiv, es sah aus, als würde ein Affenstamm hier leben. Die eine Wand war mit vorgeschichtlichen Höhlenzeichnungen bedeckt und in den Ecken baumelten Plastikknochen. Imitierte Tropfsteine hingen von den niedrigen Wänden. Die Mauern, waren aus Pappmaché-Steinen. Es gab eine Reihe kleiner Grotten. An einer Wand war eine schmale Bühne.

Roy sagte: »Muß ich ein Bärenfell tragen, wenn ich hier arbeite?«

»Sie tragen ein weißes Hemd und einen Schlips. Wenn Sie sich zum Dienst bei dem Barmann melden, wird er Ihnen eine Servierjacke geben.«

Er strich mit seinen Fingern über die Plastikplatte des Tisches. Die Stühle waren aus dem gleichen Material. Die Kissen waren aus imitiertem Leoparden- und Tigerfell. Es gab keine Fenster in diesem Raum. Eine Reihe von künstlichen Fackeln an den Wänden waren mit elektrischen Birnen versehen. Auf jedem Tisch stand eine dicke Kerze in einem Steintopf.

»Das hier ist wohl so 'ne Art Nachtclub.?«

Katy war amüsiert. »Gefällt es Ihnen nicht?«

Roy zuckte mit den Schultern. »Ich dachte, es sei eine Skihütte.«

»Das ist es auch. Aber wir müssen den wohlhabenden und berühmten Leuten, die aus Südkalifornien hierherkommen, etwas bieten. Wir wollen nur etwas Atmosphäre hier haben.«

Sie gingen eine lange steinerne Bar entlang, deren gepolsterte Barhocker aussahen, als seien sie aus riesigen Steinen hergestellt.

»Sie arbeiten hier am Ende der Bar. Sie müssen vor allem Sandwichplatten herstellen, Schüsseln voller Salat machen usw. Sie schenken auch Milch, Kaffee, Tee und Wasser für die Gäste aus. Was die Gäste hier verzehren, ist gratis. Aber es sind nur Erster-Klasse-Gäste zugelassen.«

Roy inspizierte den geräumigen Kühlschrank. »Bin ich für das Herbeischaffen der Nahrungsmittel verantwortlich?«

»Nein, das machen die Hilfskellner. Sie übernehmen den Dienst von David Williams. Der arbeitet hier von vormittags bis 7 Uhr.«

»Wir sind also die Snackbarmänner.«

Katy lächelte schwach. »Genau.« Sie wandte sich an den Barmann, der Flaschen in die Regale einräumte.

»Kenny, das ist Roy. Er wird an der Snack-Bar arbeiten.«

Der Barmann nickte. »Hey.« Seine Augen sahen an Katy und Roy vorbei.

Eine heisere, schwankende weibliche Stimme hinter Roy und Katy sagte: »Mick . . . mixen Sie mir mal noch 'ne Tiger Claw, Mann!«

Sie drehten sich um. Eine schöne schlanke Blondine in engen Skihosen, einem engen Pullover und Slippers lehnte sich gegen eine der Steinsäulen nahe einer Grotte.

Roy erkannte sie. Es war eines der Sex-Starlets, das von einem der Studios in der letzten Zeit sehr gefördert wurde. Sie und ein streng aussehender junger Schauspieler hatten in drei Filmen gespielt, die sich in erster Linie an die gummikauenden Teenager gewandt hatten.

Die grünen Augen des Mädchens wurden groß. »Ooooh, ... schaut mal den hübschen – den hübschen Jungen. Das ist genau das, was die alte Diane braucht.« Sie versuchte, zur Bar zu kommen und schwankte. »Oh.« Sie hielt sich an einem Tisch fest. »Du mußt mich mal besuchen, Hübscher.«

Katy sagte: »Sie fangen heute früh an, Miß Blair.«

Die Blondine lächelte. »Nein, nein, nein ... ich bin noch übrig, wissen Sie. Übrig von gestern abend.« Sie lachte und wäre beinahe hingefallen.

»Kenny«, sagte Katy, »rufen Sie Ihren Agenten und holen Sie ihn her. Wenn er nicht im Penthouse ist, lassen Sie ihn ausrufen.« Sie wandte sich an Roy und sagte: »Kommen Sie! Ich werde Ihnen jetzt ihr Abzeichen geben.«

»Nein, nein, nein ... bringen Sie ihn zurück, den Hübschen ...«, beschwerte sich das Starlet.

Katy ignorierte sie und sie gingen schweigend, bis sie in dem kleinen Zimmer neben den Geschftsräumen hinter der Rezeption waren. Sie öffnete eine Schublade ihres Schreibtisches und holte ein Abzeichen hervor; es war schwarz und orange. »Nun können Sie essen.«

»Muß ich es immer tragen?«

»Immer, wenn Sie im Dienst sind oder wenn Sie essen wollen – bis man Sie in der Küche kennt. Bitte, setzen Sie sich.«

»Roy setzte sich. Er dachte an Diane Blair und an die beiden Hügel hinter ihrem Pullover. Er hielt eine ganze Menge von solchen Hügeln.

Katy sagte: »Wir unterhalten uns immer ein bißchen mit neuen Angestellten, ehe sie ihren Job beginnen, damit sie wissen, wie es bei uns zugeht.«

Roy schwieg. Er wußte genau, was sie sagen würde. Sie sagten es allen. Aber wenn sie ihre Zeit damit vergeuden wollte – okay. Er brauchte dann nicht so lange im Skiladen zu arbeiten. Dann, um die Mittagszeit, hatte er zwei Stunden frei und würde sofort auf die berühmten Tiger-Mountain-Loipen hinausfahren.

»Was die Beziehungen zwischen unseren Gästen und unseren Mitarbeitern angeht«, begann sie halblaut, »Sie – Sie sind ein besonders gutaussehender junger Mann . . .«

Er lächelte. »Besten Dank.«

»Sie sind es . . . und Sie wissen es. Ich hoffe nur, daß Sie nicht zuviel Kapital daraus schlagen, solange Sie bei uns sind.« Ihre Augen prüften jedes Detail seines Gesichtes, sie beobachtete seinen Ausdruck, und sie preßte Ihre Lippen aufeinander.

Roy lächelte leicht. »Ich bezweifle, ob ich irgendeine Chance habe.«

Nun lächelte auch sie. »Oh, hören Sie auf. Sie sind bestimmt nicht von heute.«

Roy wartete was sie weiter sagen würde.

Katy senkte den Blick. »Zum Beispiel . . . die Kellnerinnen in der Küche schienen sehr an Ihnen interessiert zu sein . . . besonders Helen. Und Miß Blair scheint Sie recht attraktiv zu finden.«

»Ich werde mich schon meiner Haut wehren.«

Katy sagte trocken: »Nicht so oft, bitte. Hier kommen Scharen netter Mädchen und Jungen während der Saison her. Sie bleiben im Dorf und sie bleiben auch oft lange in der Lodge. Wenn sie tagsüber Ski gelaufen sind, dann . . . nun, sie kommen oft auf die verrücktesten Ideen. Und ein Teil von ihnen kommt hierher, gerade weil die jungen Leute diese Ideen haben. Wir denken darüber sehr realistisch.«

Roy nickte; er schaute wieder auf ihre Brüste. Sie waren wirklich enorm groß. Er sagte: »Das ist gut für Sie.«

Sie schien verärgert. »Seien Sie nicht sarkastisch. Ich sage Ihnen dies alles – weil wir keinen Ärger haben wollen. Wir hassen Skandale. Der geringste Hinweis würde genügen, um Sie schnell hinauszuwerfen. Und wenn Sie es schon nicht lassen können, dann seien Sie vorsichtig und diskret. Zu Ihrem Wohl und zu dem unseren.«

»Man sagt überall die gleichen Dinge . . .«

»Sicher. Ich hoffe wir haben uns verstanden. Und bleiben Sie von den Studentinnen weg.«

»Ich weiß . . .«

Ein paar Sekunden lang schwiegen sie, dann sagte Katy: »Sie sind fünfundzwanzig, Roy. Mit Ihrem Aussehen, mit Ihrer Intelligenz und mit Ihrer Erziehung ... Nun ich verstehe nicht, warum Sie einen solchen Job übernehmen ... Jahr für Jahr.«

Er runzelte die Stirn. »Das ist eine lange Geschichte.«

Sie nahm ihre Brille ab und schaute ihm voll ins Gesicht. Sie sah so fast noch hübscher aus. »Ich möchte sie sehr gern hören«, sagte sie. Seine Augen begegneten Ihrem sanften Blick.

»Gut, wohnen Sie hier in der Lodge?« fragte Roy.

Eine flüchtige Röte tauchte auf ihrem Gesicht auf.

»Ja, Zimmer 219.«

Er lächelte. »Ich werde es Ihnen erzählen ... bald.«

»Sie tun sehr geheimnisvoll.«

»Und Sie sind sehr begehrenswert.«

Sie blinzelte und setzte Ihre Brille wieder auf. Sie lächelte. »Halten Sie mich nicht zum besten. Ich bin ein vierundzwanzig Jahre altes Mädchen. Ich habe eine Schwester im Teenageralter zu unterstützen und verdammt wenige Männer mögen Mädchen, die so etwas am Bein haben.«

»Sie haben eine wundervolle Figur.«

Sie sah an sich herunter auf ihre großen Brüste. »Das ist in unserer Familie erblich. Sie hätten meine Mutter sehen sollen.«

Schweigen.

Roy stand auf. »Ich werde jetzt mein Gepäck an der Rezeption holen. Ich hatte es – «

Das Telefon auf Katys Schreibtisch schlug an. Roy wollte hinausgehen, aber sie hob die Hand. Bleiben Sie, bedeutete es. Sie nahm den Hörer von der Gabel, meldete sich und lauschte.

Nach ein paar Sekunden sagte sie: »O mein Gott, das ist ... das tut mir aber leid, Missis French. Ja. Ja natürlich. Ich werde es ihr sagen und ich will sehen, ob heute noch jemand mit dem Wagen nach Los Angeles fährt.

Sie könnte natürlich mit dem Bus ... aber das ist umständlich. Ja .Ja, danke. Es – es tut mir wirklich leid. Ich sage es ihr ... «

Sie legte den Hörer auf die Gabel zurück und sah ein paar Sekunden lang an Roy vorbei. Er räusperte sich und drehte sich um.

Sie hob wieder die Hand an. Roy blieb stehen. Katy nahm wieder den Hörer in die Hand, dann legte sie in auf.

»Nein«, sagte sie abwesend. Sie hob den Kopf und sah Roy an, der auf ihre Brüste gestarrt hatte.

»Ich ... – tun Sie mir einen Gefallen?«

»Natürlich«, sagte Roy. Katys Gesicht hatte sich verändert.

»Im – im 2. Stock ist ein Etagenmädchen. Jenny French. Ihr Vater ist vor einer Stunde gestorben. Sie ist eine Studentin, die während der Ferien hier arbeitet. Wie so viele. Ich könnte sie anrufen, aber sie tut mir so leid ...«

Katy Peters biß sich auf die Unterlippe.

»Sie und ihre Eltern. Bitte, Mister Chrysler, gehen Sie, ehe Sie in den Schlafraum gehen, in den 2. Stock. Sie werden sie finden. Hinten ist eine kleine Wäschekammer. Ich will Jenny nicht anrufen. Bitte, sie möchte zu mir kommen.«

Sie sah ihn an. Ein verstörtes Lächeln lag auf ihrem Gesicht.

»Ich habe noch nie einem Menschen sagen müssen, da jemand in seiner Familie ... oder überhaupt ...«

»Natürlich«, sagte Roy. »Ich werde dann auspacken und etwas essen, ehe ich zur Arbeit gehe.«

»Jaja, in Ordnung«, sagte sie. »Und wenn Sie irgendwelche Probleme haben, dann besuchen Sie mich. Ich muß mir etwas ausdenken, ich meine, wie ich Jenny ...«

Roys Stimme wurde warm und persönlich.

»Haben Sie ab 4 frei?«

Wieder tauchte Röte auf ihrem Gesicht auf.

»Ja.«

Er nickte und verließ das Büro. Er mochte sie. Sie strömte Wärme aus, sie war süß, sie war sehr fraulich. Auch dann, wenn sie die Vorgesetzte herauszukehren hatte. Aber es war der Typ, bei dem man vorsichtig sein mußte. Er durfte sich nicht zu weit mit ihr einlassen ...

Er wußte, daß sie etwas Zeit brauchte. So ließ er seine Reißverschlußtasche an der Rezeption und ging langsam, nachdem er sich erkundigt hatte, in den 2. Stock hinauf. Er sah das Mädchen schon von der Treppe aus.

So ist das Leben, dachte er. Mit einemmal verändert es sich – von Minute zu Minute. Vielleicht war sie glücklich gewesen, ein paar Dollar während den Ferien verdienen zu können; nun kam der große Schnitt. Alles wurde anders. Vielleicht mußte sie ihr Studium aufgeben. Mußte arbeiten – und es war kein Taschengeld mehr.

Sie war ziemlich klein und hatte ein schmales ernstes Gesicht. Zu ernst, um schnell über etwas hinwegkommen zu können.

Roy ging zu ihr, sagte, sie solle zu Miß Peters kommen und erbot sich, ein paar Minuten zu warten, bis Katy einen Ersatz heraufgeschickt hatte. Ohne Zweifel würde sie es tun.

Sie ging.

Roy sah sich in der Wäschekammer um. Alles war so sauber. Sauber wie Katy Peters mit den großen Brüsten, die er eines Tages streicheln würde. Er spürte, wie Blut in seine Lenden schoß. Er hatte lange keine Frau mehr gehabt. Helen hieß die Kellnerin mit den heißen Augen. Katy hatte ihn vor ihr gewarnt – vor ihr und vor Miß Blair mit den goldenen Haaren ...

Roy lächelte. Aber Katy Peters hatten ihn nicht vor Katy Peters gewarnt. Er wußte, daß er alle drei haben würde. Sie waren bereit.

Er trat aus der Kammer und sah den Flur hinunter. Niemand kam, und er beschloß zu gehen.

Als er langsam an den Zimmern und Suiten vorbeiging, hörte er plötzlich hinter einer Tür Weinen. Er blieb stehen. Eine Frau weinte. Er klopfte leicht an die Tür.

Beim drittenmal fragte eine Frauenstimme etwas. Er verstand es nicht, aber er sagte: »Ist etwas?«

»Kommen Sie herein!«

Es war deutlich zu hören. Roy öffnete die Tür und ging hinein.

Auf dem breiten Bett hockte mit untergeschlagenen Beinen eine Frau, vielleicht Mitte 30, und starrte ihn an. Ihre Augen waren gerötet. In der Hand zerknüllte sie ein Taschentuch. Die braunen Haare hingen dicht über ihren Schultern.

Sie hatte einen rosafarbenen leichten Schlafmantel an, der vorn geöffnet war und den tiefen Spalt zwischen ihren Brüsten, die halb zu sehen waren, zeigte.

Da war das verdammte Gefühl wieder, das Roy nicht loswerden konnte.

»Wer – wer sind Sie?« fragte die Frau.

»Ich bitte um Entschuldigung«, sagte Roy. »Ich arbeite im Skiladen und im Lair – ich gehöre zum Haus. Ich kam zufällig vorbei und hörte Sie weinen und –«

Sie krampfte mit den Händen den Schlafmantel über den Brüsten zusammen. Unwillkürlich lächelte Roy. Lieber Himmel, dachte er.

»Kann ich Ihnen helfen?«

Die Frau rutschte vom Bett und stand auf. Sie war überraschend groß und hatte sehr schöne, lange Beine. Beine, wie er sie bei Frauen mochte.

Sie sah ihn aufmerksam an. Sie hatte dunkle Augen, die noch feucht von den Tränen waren.

»Helfen?« fragte sie – es klang verständnislos.

»Ja«, sagte Roy. »Oder soll ich Miß Peters – !«

Sie schüttelte so energisch den Kopf, daß ihre Haare flogen.

»Niemand kann mir helfen . . . «

O Gott, dachte Roy, das hat mir noch gefehlt! Gleich wird sie losschreien – eine Hysterikerin. Herz reimt sich auf Schmerz – das noch dazu . . .

»Im Lair?« fragte sie.

Zuerst verstand Roy nicht, was sie meinte, dann nickte er.

»Schön, dann mixen Sie uns was. Sie finden alles im anderen Zimmer.«

Roy ging hinüber. Es war das kleine Wohnzimmer. Sicherlich bestanden die Suiten aus diesen beiden Räumen. Auf einem Stuhl lag ein helles Kleid, eine Strumpfhose und ein Slip. Er nahm das spinnenwebartige Nichts in die Hand und betrachtete es. Dann sah er den Büstenhalter mit den großen Körbchen. Er pfiff durch die Zähne. In der Lodge lebten anscheinend eine Menge Frauen mit großen Brüsten. Wie hieß sie? Helen! Nein, Helen hatte kleine Brüste gehabt. Aber Katy.

Hitze stieg ihm auf; er wußte, daß er bald eine Frau brauchte.

Er warf die Unterwäsche auf den Stuhl und sah sich nach Flaschen um. Er fand Wodka und füllte zwei Gläser. Er trank nie, er wußte, wie wichtig es für seine Kondition war, nie zu trinken. Sicher gelang es ihm, sie zu täuschen.

Er ging ins Schlafzimmer. Sie saß auf der Bettkante, aber er bemerkte sofort, daß sie den Schlafmantel geschickt drapiert hatte, so daß er eine Menge von ihrem Körper sehen konnte. Und es war ein schöner Körper.

»Bitte!« sagte er.

Sie nahm ihm das eine Glas aus der Hand. Er tat, als würde er trinken. Sie nahm einen tüchtigen Schluck.

»Jede Frau würde weinen«, sagte sie, während er die Halbmonde betrachtete, die sich über dem tiefen Spalt erhoben, »wenn ihr Mann sie anruft und ihr die Scheidung vorschlägt!«

Lieber Himmel, dachte Roy wieder.

»Ja?« fragte er vage.

Sie sah ihn aus den dunklen Augen ernst an.

»Nach zwölf Jahren!« klagte sie.

Roy wußte nicht, was er sagen sollte, aber er wußte, daß sie eine der Frauen war, die sich in solchen Fällen mit dem erstbesten Mann zu rächen pflegten; und er war der erstbeste.

Sie trank wieder und spielte mit dem Glas.

»Es gibt viele Männer«, sagte Roy. »Sehr viele Männer. Und wer so attraktiv ist wie Sie . . . ?«

»Ich heiße Moona. Und Sie?«

»Roy. Roy Chrysler.«

»Bin ich attraktiv, Roy?«

Ein Lächeln glitt über Roys schönes Gesicht. Es war keine Lüge – sie war attraktiv. Vielleicht sogar schön.

Er sagte trocken: »Soviel ich sehen kann, sehr, Moona.«

Sie seufzte. Dann stellte sie das Glas auf den Nachttisch und stand auf. Eine Minute lang ging sie, den Schlafmantel wieder fest über der Brust zusammengezogen, im Schlafzimmer hin und her. Sie schien nachzudenken.

Roy blieb stehen. Er ahnte, worüber sie nachdachte, und er war bereit, ihr das Ergebnis etwas leichterzumachen.

»Männer wie Sand am Meer«, sagte er. »Und alle sind bereit, einer Frau zu helfen, über die Dinge hinwegzukommen, die ihr im Wege liegen. Und wenn Sie so schön sind . . . «

Er wandte sich nicht zur Seite, als er das Rascheln von Stoff hörte.

Dann trat sie nackt vor ihn.

»Attraktiv, Roy?«

Er ließ sich Zeit. Sie war wirklich ansehenswert. Sie hatte sehr schöne, birnenförmige Brüste, die etwas zur Seite strebten und deren Knospen ziehmlich hoch saßen – und in unglaublich großen, rotbraunen Höfen, die sich, während sie seinen Blick spürte, noch dunkler färbten, während die Knospen zu wachsen anfingen.

Ihre Taille war schmal, aber das Becken ziemlich breit. Sie hatte über dem Liebeshügel einen dichten Busch brauner, gekräuselter Haare und die Beine waren wirklich so schön, wie er beim Anblick Ihrer Waden vermutet hatte.

Er betrachtete sie immer noch.

Und sie schien seine Blicke mit Genugtuung auf ihrer leicht getönten Haut zu spüren. Vielleicht hatte der Mann, mit dem sie verheiratet war, sie nicht mehr häufig genug angesehen ...

Roy streckte die rechte Hand aus und strich mit dem Zeigefinger durch die gekräuselten Haare. Dann glitt er mit dem Finger ein wenig tiefer, und sie öffnete willig die runden Schenkel, ohne daß er fest zu drücken brauchte. Da sie vor ihm stand und er saß, konnte er deutlich die rosa Lippen sehen, die sich mit Blut füllten und immer dicker und feuchter wurden. Die Klitoris wuchs über den Lippen aus dem Fleisch. Er legte den Zeigefinger auf ihre empfindlichste Stelle und drückte leicht dagegen.

Von ihren Lippen löste sich ein dumpfer Laut, und ihre Beine begannen zu zittern.

»Jaja!« sagte sie heißer.

Plötzlich hockte sie vor ihm und griff nach seinem Gürtel. Sie löste ihn mit bebenden Händen und griff in sein Hose, und er spürte ihre schlanken, heißen Finger, die sich um sein Kerlchen legten, und der war schon dick und steif, ehe sie es mit der ganzen Hand umschloß.

»O Roy!« sagte sie.

Ihre Hände hatten es nun eilig. Sie streiften seine Skihose herunter, dann senkte sich ihr Kopf. Ihre Lippen schoben die Vorhaut von der blauroten Kuppe und umschlossen sie.

Einen Augenblick lang blieb sie so vor ihm hocken, und als er seine Augen senkte, sah er den weit geöffneten roten, feuchten Spalt zwischen ihren Beinen.

Langsam fuhr er mit zwei Fingern in den schlüpfrigen Luststrom, drehte die Finger so, daß die Innenfläche nach oben kam und berührte die Wand. Er fuhr hin und her und tastete sich weiter.

»Zieh' dich endlich aus!« sagte sie.

Roy nickte. Er zog seine Hand zurück und half ihr auf. Sie lag kaum auf dem Bett, als er schon nackt vor ihr stand. Sie wandte sich ihm zu und betrachtete ihn so, wie er sie vorher betrachtet hatte.

»Gut«, sagte sie. »Ich muß verrückt gewesen sein. Mein Mann ist 18 Jahre älter als ich, und er trinkt. Er ist so reich, daß er nicht weiß, was er mit dem vielen Geld anfangen soll. Und jeden Tag kommt mehr dazu . . .«

Sei froh, dachte Roy.

Sie griff nach seinem Roy und umfaßte ihn fest. Sie zog die Haut wieder zurück und atmete laut, als ein Tropfen auf der Eichel erschien und über ihre Finger lief.

»Aber er wird bezahlen müssen . . .!« sagte sie. Immer noch hielt sie ihn fest. »Und dich werde leben. Komm aufs Bett!«

Er setzte sich, während sie ihn immer noch festhielt, auf die Bettkante.

»Manchmal«, sagte sie, »war er nur eine Minute in mir, dann war sein Ding schon wieder schlapp. Und ich hatte nie einen Orgasmus – nie, wenn er mich nahm. Der Alkohol, verstehst du?«

»Sicher«, sagte Roy. Seine rechte Hand spielte mit dem Nippel ihrer Brust.

»Ich habe ein Dienstmädchen – die machte es mir. Und ich ihr natürlich. Manchmal Nacht für Nacht, und oft lag er schlafend neben uns und merkte nichts . . .«

Sie sah zu ihm auf.

»Aber jetzt . . .?«

»Jetzt«, sagte Roy. Er schaute auf seine Armbanduhr. Irgend jemand in der Lodge, im Lair oder im Skiladen würde sich bestimmt wundern, wo er blieb. Aber –

Er löste ihre Hand von seinem Kumprlchen, drückte mit beiden Händen gegen ihre Brüste und sie fiel auf den Rücken.

Er wollte sich auf sie werfen, als sie zur Seite glitt.

»Nicht so!« sagte sie.

Sie ergriff seinen Arm und drehte ihn auf den Rücken; dann glitt sie über ihn, bis sie so saß, daß sie sich nur zu senken brauchte, um sein steifes Kerlchen in ihren Schoß aufzunehmen.

»Jetzt!« sagte sie.

Sie stützte beide Hände flach neben seinem Körper, ihre Füße waren neben seiner Brust – sie senkte sich und griff mit der Hand nach seinem Süßen und führte ihn ein.

Und dann begann sie, sich zu bewegen, wild, wie er es nie bei einer Frau erlebt hatte, ihre Haare flogen, wenn sie sich hochhob und wieder auf ihn herunterfallen ließ, und es war sehr schön. Er stöhnte, und sie schrie mit kurzen, harten Lauten, mit geöffnetem Mund.

»Ich . . . ich werde . . .«, stieß sie hervor, während ihr Gesicht sich rötete und die Brüste schwangen, ». . . ich werde es . . . ah! . . . dir zeigen, du Schuft! Ah! Aaaah!«

Sie sackte über ihm zusammen, er ergoß sich in sie und sie empfing die heiße Flut mit stammelnden Lauten.

Dann war es vorbei.

Sie rutschte von ihm, kippte zur Seite und blieb schweratmend auf dem Bett liegen.

Roy stand auf. Er zog sich schnell an, nachdem er sich im Bad gewaschen hatte.

Immer noch lag sie auf dem Bett, aber sie hatte sich so gedreht, daß sie ihn sehen konnte.

»Heißt du Roy?« fragte sie. Sie sprach leise, sie schien erschöpft zu sein.

»Ja, Roy«, sagte er.

»Es war . . . es war . . . – es war unglaublich . . ., Roy. Seit – seit Jahren habe ich nicht –«

Sie sprach etwas, das er nicht verstand.

»Ich bin alt«, sagte sie dann, als er ihr das Glas mit dem Wodka gab. »Über 30, weißt du? Über 30! Und er will die Scheidung!

Willst du bei mir bleiben? Ich habe viel Geld – und ich werde ihm noch mehr Geld abnehmen. Du brauchst nie mehr etwas zu arbeiten«.

»Roy?«

»Ja«, sagte er. »Ich –«
»Du mußt nachdenken, ja?«
»Ja«, nickte er.
»Sag' es mir heute – wann bist du im Lair?«
»Heute abend.«
»Ich werde kommen. Du brauchst nur zu nicken. Und dann zu mir zu kommen, wenn du mit dem Dienst fertig bist.«

Roy nickte; er ging zur Tür. Er öffnete sie und schaute in den Flur. Und als er niemanden sah, lief er schnell zur Treppe.

2

Roy kam in den überfüllten Vorraum. Er lächelte dem Angestellten an der Rezeption zu, nahm seine Tasche aus einer Ecke und beobachtete einen Augenblick die Frauen und Mädchen.

Es gab eine ganze Menge: Große, kleine, junge und alte, schlanke und vollbrüstige, billige und teure.

Ein Kribbeln durchlief Roy, als er das lange, offene, goldene Haar Diane Blairs sah, den engen Pullover, die engen Skihosen. Er folgte ihr mit den Augen, als sie durch den Vorraum ging; neben ihr trottete ein kahler Mann in einem Geschäftsanzug, der nicht in diese Skihütte paßte. Ihr Gang war schön; sie ging völlig natürlich und sehr sexy. Jeder Mann, an dem sie vorbeiging, drehte sich nach ihr um.

Roy schüttelte den Kopf in Bewunderung; er wußte, daß sie eine gute Skifahrerin werden würde, wenn sie es übte; er wußte auch, daß es sie überhaupt nicht interessierte. Er seufzte. Er wollte, er hätte schon alles hinter sich. Zuerst: Der Schlafraum. Dann: Die Küche und eine weitere Musterung von seiten der weiblichen Truppen ... besonders von jener einen mit den Augen einer Nymphomanin. Im Gang, der zu der Küche führte, traf er auf eine große Frau in grüner Uniform. Ehe sie aneinander vorbeigingen, betrachteten sie sich. Roy sah ihre stämmigen Beine, die soliden, breiten Hüften ..., ihre große Brust. Er lächelte.

Sie blieb stehen. »Sie sind neu. Stimmt's?«
»Ja. Ich bin Roy Chrysler.« Er kannte Kellnerinnen. Sie ar-

...eten hart und sie liebten hart. Meistens waren es Mädchen, die eine ganz natürliche Beziehung zum Sex hatten. Sie liebten den Sex und sie liebten jeden Mann, der ihn ihnen gab.

»Ich bin Jewel Johnson...« Sie lächelte und zeigte weiße Zähne.

»Und Sie sind eine großartige Frau.«

Sie streckte die Hand aus und befühlte seinen Arm. »Hm! Muskeln. Und Sie sind ein großartiger Mann. Ich mag solche großartigen Männer...«

»Gut. Wir werden sehen, wie sehr wir uns mögen...«

Roy hatte einmal ein so großes Mädchen gehabt. Er konnte nie vergessen, wie gut sie im Bett gewesen war. Sie war unglaublich wild gewesen. Nun streckte auch er eine Hand aus und berührte kühn ihre linke Brust. »Und ich mag solche Frauen wie Sie, so groß und mit solchen Brüsten.«

Ihr Lächeln wurde breiter. »Ich arbeite im Kaffeeladen. Wir sehen uns hoffentlich bald, Roy.«

»Das werden wir ganz bestimmt.«

Sie ging an ihm vorbei. Roy machte sich auf den Weg in die Küche. Er mochte Jewel. Sie war eine jener Frauen, die einem Mann alles abverlangen.

In der Küche schaute Roy auf Jean, den Koch, der gerade aus einem dampfenden Kessel Kartoffelbrei in Töpfe füllte. Helen war nicht zu sehen.

Der Koch drehte sich um und entdeckte Roy. »Möchten Sie etwas essen?«

Roy klopfte auf das Abzeichen an seinem Hemd. »Muß ich mich selbst bedienen?«

»Sie kommen mit einer Platte hierher. Dann deuten Sie auf dieses und jenes und sagen, ich möchte dieses oder jenes haben. Und wir geben es Ihnen. Aber nicht zuviel auf einmal. Kommen Sie lieber öfter. Wir mögen es nicht, wenn zuviel verdirbt.«

Roy nickte. »Ich werde in ein paar Minuten mit einer Platte wiederkommen.«

»Einen Augenblick!« Jean sah Roy ernst an. »Sie sind mit Katy ein bißchen vorsichtig, nicht wahr? Kein Heckmeck. Tun Sie ihr nicht weh. Sie ist ein gutes Mädchen.« Roy sah in die ernsten braunen Augen, aber er bemerkte auch die Warnung auf dem Gesicht des Franzosen, und er beschloß, mit verdeckten Karten zu spielen.

»Sicher. Ich mag sie auch sehr. Aber das heißt nicht, daß ich mich mit jeder Frau gleich einlasse.«

Der Küchenchef lächelte. »Ich bin so eine Art Vater für sie, verstehen Sie? Ich konnte in ihren Augen sehen, daß sie Sie mag. Seien Sie vorsichtig. In vieler Hinsicht ist sie noch sehr ... unschuldig.« Nun lächelte auch Roy. »Stimmt.« Aber er wußte, daß die Warnung, so ernst sie gemeint sein mochte, ihn kaum berührte. Er wußte genau, was er zu tun hatte. Wenn Katy etwas von ihm verlangte, dann würde er ihr es geben. Und er war sicher, daß sie eine Menge verlangen würde ...

Jean nickte. »Und wir verstehen uns. Gut.« Er wandte sich um.

Roys Lächeln verschwand. Er sah sich in der Küche um. Helen kam aus dem Speiseraum mit einer Bestellung.

Sie riß eine Seite aus ihrem Bestellblock und drückte sie auf eine Spindel. »Zwei Nr. 6, eins Nr. 3, dazu Eier.« Die Köche schienen sie nicht zu hören. Aber Roy wußte, daß einer von ihnen in wenigen Minuten das Essen auf die Theke stellen würde. Sie hatten ein phantastisches Gedächtnis.

Roy verließ die Theke und ging zu dem Tisch hinüber, an den sich Helen einen Augenblick lang angelehnt hatte. Sie bemerkte ihn erst, als er sprach.

»Harte Arbeit, was?«

Sie sah auf. »Oh, hey! Ja, es ist hart. Meine Füße bringen mich um.«

Aber sie sagte es sehr humorvoll und ihre Augen glitten offen über seinen Körper. »Was müssen Sie hier tun?«

»Ich bin im Skiladen und im Lair.«

»Oh!« Sie schien enttäuscht. »Also, ich dachte, Sie seien ein Hilfskellner.«

»Wir werden uns auch so oft begegnen.«

Ihre Augen trafen sich wieder. »Ich hoffe es.«

Roy nickte. »Ich muß mich jetzt erst einmal einrichten. Wir sehen uns bald, okay?«

Auch sie nickte. Aber Roy merkte wohl, daß ihr Fuß nervös auf dem Boden hin und her fuhr. Sie mußte innerlich kochen.

Ihr Körper war bereit. Er hatte solche Mädchen im College kennengelernt. Und wenn sie keine Wilde war, dann war sie nahe daran. Sie war scharf. Sie wollte etwas haben. Irgend jemanden. Und jetzt besonders ihn.

Roy ging durch den Flur in den Schlafsaal. Der alte Mann war nicht mehr da. Roy warf sein Gepäck auf das Bett Nr. 16 und zog den Reißverschluß seiner Tasche auf. Jemand lag zwei Betten weiter in einer Wolke von Zigarettenrauch, starrte gegen die Decke und sagte: »Ah, ein neuer Sklave. Willkommen im Klub.«

»Danke. Ich hoffe, es ist nicht so schlimm.«

»Ach was, das ist hier nur eine Redensart.«

Roy zog ein Kombinationsschloß aus seiner Tasche und hängte es an die Schranktür. Der Junge setzte sich auf und warf seine Zigarette in einen Ascher, der neben seinem Bett stand. Roy sah, daß er einen langen Körper und kurze Beine hatte. Der Junge stand auf und kam zu Roy, der seine Kleider in den Schrank hängte. »Ich bin Hank Dill.« Er streckte eine kleine harte Hand aus.

Roy nahm sie, schüttelte sie und stellte sich vor.

»Freut mich, dich kennenzulernen, Roy. Ich muß nun wieder an die Arbeit. Ich hab' nur eine Zigarettenpause gemacht.«

Roy warf einen Blick auf Hanks gestärkte weiße Schürze. »Bist du Tellerwäscher?«

»Nein. Kellner. Ich gehe lieber in den Speisesaal, wo ich mir die Mädchen anschauen kann. Allerdings ist nicht viel für mich drin, nicht, solange ich mit Helen gehe.«

»Ja?« sagte Roy.

»Sicher. Sie ist ein verdammtes Sexgirl. Sie kann niemals genug kriegen. Junge, Junge, ist das ein Mädchen!« Hank grinste stolz.

Hank zündete sich noch eine Zigarette an. »Das ist mein Mädchen. Sie gehört nur mir. Und sie kann nicht von mir loskommen. Du wirst sie sicher mal treffen. Ach, ich kann dich ihr auch vorstellen. Aber laß die Hände davon – klar, Kumpel? Das ist mein Mädchen.«

»Sicher. Hier gibt es ja eine Menge Mädchen.«

»Ja. Und du siehst prima aus, Kumpel. Du kannst dir bestimmt eine Menge unter den Nagel reißen.«

»Ich werde mich mal umsehen.«

»Sicher. Hier kriegt man leicht was. Hör mal, Helen und ich gehen heute abend zu einer Party ins Dorf. Da sind immer ein paar Studentinnen. Jungs natürlich auch. Ich kenne eine Menge davon. Warum kommst du nicht mit uns? Denen ist das egal. Da gibt es eine Menge Bier und eine Menge Mädchen.«

»Ich arbeite im Lair bis um 10.«

»Na und? Dann wird eine Party doch erst interessant! Helen und ich gehen nie vorher hin. Wir treffen uns im Vorraum kurz nach 10, wenn du mit der Arbeit fertig bist.«

Roy dachte daran, daß er am nächsten Morgen um 5 Uhr 30 aufstehen mußte, um in den Skiladen zu gehen. Er zuckte mit den Schultern. Ach, zum Teufel, man lebt nur einmal. Er spürte wieder dieses verdammte Kribbeln auf der Haut. Ja. Nur einmal. Bring' dein Heu in die Scheune, solange die Sonne scheint. Du weißt nie, wann das Ende kommt . . .

»Was ist los?«

Roy kam wieder in die Gegenwart zurück. »Nichts.«

»Du hast ausgesehen, als ob du jeden Augenblick anfangen wolltest zu weinen.«

»Ich dachte an morgen früh. Es darf auf der Party nicht zu spät werden.«

»Das ist klar. Ich muß auch früh raus. Du lernst ein paar Leute kennen.«

»Okay. Danke.«

»Also, ein paar Minuten nach 10. Und jetzt muß ich aber an die Arbeit.« Er verließ schnell den Schlafraum.

Roy verschloß seinen Schrank und folgte ihm. In der Küche nahm er sich eine Platte und wartete, bis einer der Köche zu ihm kam. Eine Minute später saß er an einem der Aluminiumtische und frühstückte: Einen Schinkensandwich und Milch.

Hank tauchte ein paarmal in der Küche mit Tabletts oder schmutzigem Geschirr auf. Helen brachte Bestellscheine und warf Roy einen Blick zu, aber sie blieb nicht bei ihm stehen. Dann kamen Hank und Helen zusammen herein.

Hank brachte das Mädchen zu Roy. »Hey, Roy, das ist Helen Lehr.«

Helen sagte schnell: »Hallo, Roy.« Sie war sehr förmlich.

Roy sah Furcht in ihren Augen. Nein, keine Furcht, eher eine Art Bitte. Hank sollte nicht wissen, daß sie Roy schon vorher begegnet war. Warum? Roy war es egal. »Hey!«

Helen runzelte die Stirn. »Es tut mir leid. Aber ich habe Bestellungen –.« Sie drehte sich um und ging wieder in den Speisesaal.

Hank sagte: »Sie ist prima, nicht wahr?«

»Sehr nett.« Roy trank seine Milch und stand auf. »Skiladen, hier kommt dein Herr und Meister!«

»Bis heute abend, Roy.«

Roy winkte und ging durch den Korridor.

Im Vorraum schienen noch mehr Menschen als vorher zu sein. Roy drückte sich durch eine Schar Studenten und ging durch Glastüren, die in den Skiladen führten. Dort ging es zu wie in einem Irrenhaus. Er wandte sich an einen schlanken Mann, der sich gerade mit einem Mädchen über irgend etwas unterhielt. »Ich bin Roy Chrysler. Ich soll mich hier melden. Sind Sie der Boß?«

»Ja. Gott sei Dank, daß Sie hier sind. Haben Sie die Arbeit schon mal gemacht?«

»Ja. Haben Sie ein besonderes System?«

»Sehen Sie zu!« Der Manager wandte sich an das Mädchen. Er holte für sie ein paar Skier, Stiefel, Stöcke. Dann schrieb er den Namen des Mädchens und die Adresse auf, notierte die Nummer, die auf der Ausrüstung stand, und nahm die Anzahlung entgegen. Er sah auf, als das Mädchen sich einen Weg zur Tür bahnte. »Haben Sie gesehen, wie es funktioniert?«

Roy nickte. Ein Junge wandte sich an ihn. »Hey, wie wär's, wenn Sie mir helfen würden?«

Und Roy machte sich an die Arbeit. Gegen 10 wurde es leerer. Und um 11 waren nur noch ein paar Leute im Laden. Gäste kamen aus der Lodge, um Kleinigkeiten zu kaufen – einen Pulli – ein Paar Handschuhe, Wachs. Jemand verwickelte Roy in eine ernsthafte Diskussion über die Vorzüge von Rennskiern. Schließlich war es Mittag. Der Manager, Eli Peck, winkte Roy zu. »Schluß für jetzt, Chrysler. Sie haben zwei Stunden frei. Sie haben heute morgen sehr gut gearbeitet.«

Roy grinste. »Danke. Ich dachte, Sie hätten es gar nicht bemerkt.«

»Ich werde dafür bezahlt, um so etwas zu bemerken. Nun gehen Sie und laufen Sie ein bißchen Ski.«

»Das werde ich auch tun.«

Roy machte sich auf den Weg zum Schlafraum. Er schloß den Schrank auf und nahm seine Stiefel, seine Windjacke, Brille und Handschuhe heraus. Er zog Stiefel und Windjacke an und steckte die anderen Ausrüstungsgegenstände in seine Tasche. Dann ging er in die Küche und trank schnell eine Tasse Kaffee. Er sah, daß Helen an einem Tisch saß und etwas aß. Er setzte sich mit einer Tasse Tee neben sie.

»Seien Sie gegrüßt! Warum haben Sie heute morgen, als Sie mit Hank hier waren, sich so merkwürdig benommen?«

Sie ging auf seine Frage nicht ein, sah ihn nur neugierig an. »Gehen Sie skilaufen?«

»Sicher. Deswegen arbeite ich in Skizentren. Lausige Bezahlung, lausige Arbeitszeit, aber eine Menge skifahren.«

»Ich vermute, Sie haben recht. Ich frag' mich manchmal, warum ich hier bin. Ich kann nicht skilaufen. Und ich will es auch gar nicht.«

»Warum taten Sie so, als ob Sie mich nicht kennen würden?« fragte er noch einmal.

»Er ist sehr eifersüchtig, verstehen Sie?«

»Ich kann ihn deswegen nicht tadeln«, lächelte Roy und sah auf ihre apfelgroßen Brüste. Die enge grüne Uniform zeigte sie recht deutlich. Helen errötete und beschäftigte sich mit ihrem Essen. »Hank spielt manchmal ein bißchen verrückt.«

»Warum lassen Sie sich das gefallen? Es gibt eine Menge Männer hier herum.«

Sie zeigte ein scheues, gequältes Lächeln. »Ach, wir können es ganz gut miteinander. Männer wie er sind nicht so leicht zu finden, wie Sie denken.«

Roy grinste. »Vielleicht doch.«

»Meinen Sie?«

»Stimmt genau.«

Sie lächelte, und ihr Lächeln war ein Versprechen. »Okay, großer Mann, Ihre Zeit wird kommen.«

Roy trank seinen Kaffee aus und stand auf. »Bis später.«

»Heute abend?«

Er nickte und ging hinaus.

Im Skiladen nickte er Eli zu und nahm sich ein Paar feine Metallskier und Stöcke. Er griff nach dem Wachs. Eli kam zu ihm. »Das sind keine Leihskier.«

»Hören Sie, ich kann diese Holzskier nicht nehmen, die Sie den jungen Leuten geben.«

Eli betrachtete Roys teure, aber getragene Skistiefel. Er sah, daß sie gut gepflegt waren. »Okay. – Nehmen Sie sie.«

»Berechnen Sie mir, was sie kosten.«

Eli lächelte. »Nein. Ich fahre selbst Ski. Nehmen Sie die östliche Abfahrt.«

Draußen befestigte Roy die Skier und machte sich auf den Weg zum Ostlift. Er stellte sich in die Reihe und wartete. Es war leider vertane Zeit.

Für Mitte November war es ein sehr schöner Tag. Ein paar Wolken verdeckten ab und zu eine bleiche Sonne und die Luft war kalt. Roy wartete nervös; er rutschte auf seinen Skiern hin und her. Es war eine ganze Weile her, daß er auf einer guten Loipe gelaufen war. Monate. Er war einmal im Sommer in Südamerika zum Skilaufen gewesen. Aber das war sehr lange her. Er wollte nicht mehr daran denken.

Er kam an die Reihe und hockte sich in den Sessel. Von oben aus sah er die Wartenden und eine ganze Menge Menschen, die auf den Idiotenhügeln herumtobten. Er sah viele Kurzskier und seine Lippen verzogen sich verächtlich.

Ein paar Minuten später war er auf dem Gipfel und schaute die Abfahrt hinunter. Sie sah nicht sehr schwierig aus. Aber er spürte plötzlich die Erregung, die ihn immer überfiel, wenn er auf der Spitze eines Berges stand, eine Abfahrt zu seinen Füßen. Er schwang sich wie eine Professional hinein. Er war sicher, hatte viel Erfahrung, und er liebte es, in der kalten Luft hinunterzufahren, er liebte die Herausforderung.

Er beugte sich vor und legte seine Ellbogen auf die Knie, um windschlüpfriger zu sein. Er raste an langsameren Gruppen und einzelnen Fahrern vorbei. Sie konnten ihn nicht fangen, nicht einholen. Niemand konnte ihn einholen!

Er war der König der Berge! Allein, frei, ein fliegender Mensch! Dann, viel zu schnell, war es vorbei. Er spreizte die

Skier zu einem Schneepflug und hielt nahe dem Lift an. Er wollte noch einmal hinauf. Während er wartete, kam ein Skifahrer zu ihm und schob die Brille auf die Stirn. »Hören Sie mal, das war aber verdammt gut. Ich bin hinter Ihnen hergefahren.«

Roy betrachtete den schlanken, jungen Mann, der lächelnd auf seinen Skiern neben ihm stand. Roy sagte: »Danke.«

»Mein Name ist Con Meyer. Sind Sie Gast hier oder wohnen Sie im Dorf?«

»Warum?« Roy fühlte eine leichte Verärgerung. Er beantwortete nicht gern solche Fragen. Sie bedeuteten meistens, daß der andere etwas von ihm wollte.

»Nun . . . ich bin Skilehrer. Wenn Sie frei sind und sich etwas Geld verdienen wollen, dann können Sie als Lehrer in unserer Schule anfangen.«

»Ich bin nicht interessiert. Ich fahre Ski, weil es mir Spaß macht.«

»Wie wär's denn, wenn Sie sich morgen an den Rennen beteiligen würden? Was ich gesehen habe, dürfte durchaus genügen, um sie alle zu schlagen. Sie sind ausgezeichnet.«

»Meyer, ich bin nicht interessiert. Holen Sie sich jemand anders für den guten alten Tiger Mountain.«

Roy fuhr los, und stellte sich dann noch einmal in die Reihe. Seine bitteren Worte waren wie ein Echo in der kalten Luft, und er ließ den schlanken Skiprofi zurück, dessen Augen staunend und überrascht hinter ihm herschauten.

3

Roy war müde, als er um 6 Uhr den Skiladen verließ. Die Sonne war schon lange untergegangen. Zwielicht, purpurn und violett, hatte sich über das Tal gelegt. Die letzten der Ausflugsbusse waren mit ihrer Ladung aufgeregter Jugendlicher abgefahren und krochen nun über die Berghänge. Es hatte eine Weile gedauert, bis die zurückgegebenen Skiausrüstungen wieder an Ort und Stelle waren.

Roy ging an den Kaminen der Haupthalle vorbei und betrachtete die Gäste. Er hörte Wortfetzen, Gelächter, Gekicher.

Er brauchte eine Dusche und etwas zu essen. Die Arbeit und das Skilaufen hatten ihn sehr müde gemacht.

Nach der Rasur duschte er sich, zog sich um und ging in die Küche. An den Tischen saßen die Angestellten, die frei hatten. Er fand einen Platz in der Ecke und aß schnell. Der Anblick der Mädchen an dem Tisch brachte ihn auf eine Idee. Zehn Minuten später klopfte er an die Tür von Zimmer 219.

Die Tür öffnete sich, und Katy begrüßte ihn mit einem Lächeln. »Roy! Was bringt Sie so schnell herauf?« Sie hielt ein offenes Buch in der Hand.

Sie trug immer noch ihre enge grüne Skihose, aber sie hatte den orangefarbenen Pulli ausgezogen. Eine ärmellose weiße Bluse hing über ihrer Taille.

»Wir unterhielten uns heute morgen so nett. Und ich dachte, wir plaudern eine Weile – bis ich zum Dienst ins Lair muß.«

»Natürlich. Kommen Sie rein!« Sie ging zur Seite, um ihn eintreten zu lassen.

Er trat ins Zimmer. Der Raum war sehr nett mit modernen schwedischen Möbeln ausgestattet. Eine Wandlampe, die man herunterziehen konnte, warf ihren Schein gegen eine schokoladenbraune Wand. Die anderen Wände waren hellbraun. Seine Füße versanken in einem von Wand-zu-Wand-Teppich.

Roy nickte: »Sehr nett. Ist das ein Teil Ihres Gehaltes?«

Katy schloß die Tür. »Stimmt. Das steht im Vertrag und ist sehr nett so.«

Roy schaute sich wieder um. Der Raum war ziemlich groß. Links ging die Badezimmertür ab. Er sah eine Couch, zwei Sessel, einen Tisch, Radio, ein Büchergestell ...

»Wo ist das Bett? Müssen Sie auf der Couch schlafen?«

Katy errötete. »Nein. Es ist eine Art Schlafcouch. Sie ist auf Rädern. Sehen Sie?« Sie drückte auf irgend etwas hinter der Couch und zog sie aus. Die ganze Couch rollte nach vorn. Und dann kam aus der Wand ein sehr großes Bett. Die Couch bildete den Fuß des Bettes.

»Wirklich sehr nett«, grinste Roy. »So etwas mag ich, eine Menge Platz.«

Katys Röte blieb. Roy wußte, daß sie an etwas ganz Bestimmtes dachte, an sie beide zusammen im Bett, an irgend etwas, das sie taten, vielleicht genau das, was gerade in dem Buch stand, das sie jetzt auf den Tisch legte.

Und wenn er es dachte, so waren seine Gedanken von den großen Brüsten inspiriert, deren Rundungen er durch die Bluse sehen konnte. Er wünschte sich, er könnte sie entblößen, sie betrachten, sie berühren, sie streicheln und ...

Nimm's leicht, dachte er, sie ist wichtig. Sie kann dich rausschmeißen; aber er wußte, daß sie vibrierte, daß es heiß in ihr aufstieg und daß sie bereit war, sich von ihm nehmen zu lassen.

Liebe war etwas, über das er nicht gern nachdachte. Schön und gut für die anderen, aber nicht für ihn. Es machte einen fertig, es tat einem weh. Es war eine Falle. Roy hatte Liebe immer als Waffe gegen Frauen gebraucht. Aber er wußte, daß es ein zweischneidiges Schwert sein konnte. Und er mußte aufpassen, sich nicht selbst zu schneiden.

Er ging zum Bett und legte sich darauf. Es war weich und breit. Er hob den Kopf. »Ich wünschte, ich hätte so eines.«

»Vielleicht schaffen Sie es, wenn Sie es versuchen. Oder wollen Sie Ihr ganzes Leben lang ein Herumtreiber in den Bergen sein, auf dem Skigelände?«

»Ich weiß es nicht. Warum nicht? Bisher ist es mir ganz gut dabei gegangen.«

»Aber möchten Sie nicht eines Tages heiraten und eine Familie haben?«

Roy fühlte, wie sein Magen sich zusammenkrampfte.

»Eigentlich nicht. Wozu soll es gut sein? Ärger, Schulden, vielleicht ein Magengeschwür. Man kann nicht tun, was man möchte. Nein, das ist nichts für mich.«

»Das ist nicht die Einstellung eines Erwachsenen. Wie oder was würde die Welt sein, wenn alle so dächten wie Sie?«

»Ach, kommen Sie mir nicht mit diesem Argument«, widersprach Roy verärgert. »Ich habe es schon so oft gehört und ich mag es nicht. Ich will alles so tun, wie ich es will, wie es mir gefällt, wie ich es brauche. Das ist die Freiheit.«

Katy setzte sich neben ihn auf die Bettkante. »Aber Sie haben nicht immer so gedacht, nicht wahr?«

Roy wünschte, sie würde nicht mehr so reden. Er mochte keine Fragen über seine Vergangenheit.

»Was ist eigentlich los?« fragte sie. Ihre Stimme war sanft und sympathisch. Sie nahm ihre Brille ab und legte sie auf die Couch.

Roy runzelte ärgerlich die Stirn. »Lassen Sie das. Ich möchte nicht darüber reden.«

Er sah in ihren braunen Augen, daß sie verletzt war. »Es tut mir leid, Roy. Ich meinte nicht –«

»Ich weiß. Okay. Ich bin gerührt.« Er deutete auf das Buch, das auf der Couch neben der Brille lag. »Ist das etwas, das ich lesen müßte?«

»O nein. Es ist ein Lehrbuch.«

»Lehrbuch? Wozu brauchen Sie denn so etwas? Sie sollten Skifahren lernen. Jeden Tag eine Stunde auf diesen Hängen, und Sie werden bald prächtig in Form sein. Aber vielleicht brauchen Sie gar nicht zu üben.«

Katy lächelte. »Vielen Dank, aber ich weiß, daß ich ein bißchen schwer bin, ein bißchen schwerfällig. Aber ich werde mir Mühe geben.« Sie zog ein Gesicht. »Tatsache ist, daß ich Skifahren gar nicht mag...«

Roy strich sich übers Kinn. Er war leicht schockiert. »Du – äh – Sie, die stellvertretende Managerin, können nicht skifahren?«

»Stimmt genau. Ich habe es niemals gelernt. Wissen Sie, ich hatte immer zuviel zu tun.« Sie lachte über seinen Gesichtsausdruck.

Roy ergriff diese Gelegenheit; er setzte sich auf und sah sie an. »Aber für diese Entweihung, Süße... – dafür sollten Sie eigentlich bestraft werden!« Sie ging auf seinen Scherz ein und machte ängstliche Augen. »O nein, Sir! Bitte, vergeben Sie mir!«

»Niemals!« Er nahm sie bei den Schultern und zog sie aufs Bett und versuchte, sie so umzudrehen, daß er ihren Körper streicheln konnte.

Katy lachte und kämpfte energisch gegen ihn. Sie hatte ein ziemliches Gewicht, und er merkte, daß ihre Arme überraschend stark waren. Nach einigen Augenblicken des Kämpfens gelang es ihm, ihre Arme über ihrem Kopf festzuhalten. Er sah ihr ins Gesicht: sie lag flach auf dem Bett, und er lag halb über ihr. Er grinste auf sie herunter. »Und jetzt...!«

Ihre Brust hob sich, ihr Gesicht rötete sich wieder, aber sie lachte. »Was wollen Sie jetzt mit mir machen?«

Roy starrte auf ihre Brüste, die sich hoben und senkten. – »Ich weiß nur, was ich gern tun möchte.«

Ihre Augen sahen ihn ernst an. »Was?«

»Ich möchte eine kleine Forschungsreise unternehmen.«

Sie schüttelte den Kopf. »Bitte nicht! Das steht Ihnen nicht, glaube ich, aber ich fühle, daß ich Sie noch nicht genug kenne.«

Das Lächeln kehrte zurück. »Trotz unseres Ringkampfes!«

Roy sagte nichts, aber er hielt sie weiter fest.

Katy schien ihm noch mehr erklären zu müssen. »Es ist komisch mit meinen Brüsten. Ich war schon sehr jung stark entwickelt ... als ich fünfzehn Jahre alt war. Ich habe manches mitmachen müssen – der Brüste wegen. Ich war immer viel zu groß, und jeder Mann, der mich sah, hat sie angestarrt. Manchmal war es sehr schlimm, wenn ich ihre Blicke auf mir spürte.«

Sie leckte ihre Lippen und fuhr fort. »Und so ... bald schämte ich mich ihretwegen. Ich habe die Jungen gemieden, als ich kein Kind mehr war, denn sie wünschten alle, sie zu begrabschen. Und die meisten Männer natürlich auch.«

»Sicher, ich verstehe. Aber das heißt nicht, daß Sie nicht den richtigen ...«

Roy beugte sich herunter und küßte sie leicht auf die Lippen. Ihre Augen wurden weich.

»Sie dürfen das noch einmal tun«, sagte sie leise.

Diesmal küßte er sie länger. Ihre Lippen teilten sich und waren süß und weich. Er fühlte, wie sie sich unter seinen Armen versteifte, als er sich gegen den hohen Hügel ihrer linken Brust drückte. Ihr Atem ging schwerer, und sie gab einen leisen Ton von sich.

Als er den Kopf hochhob, lächelte sie, und es schien ihm, als versuche sie, sich an sein Gesicht zu erinnern.

Sie seufzte. »Ich habe seit Jahren gesucht und gesucht ... – ich habe immer den richtigen Mann gesucht. Jedes Mädchen tut das. Einige finden ihn, andere nicht. Ich habe niemals Glück gehabt.«

»Ich glaube, daß es einigen Männern genauso geht.«

»Mögen Sie mich, Roy?« fragte sie halblaut. »Ich meine, mögen Sie mich wirklich?«

»Sicher; und ich wäre nicht hier, wenn ich es nicht täte.«

Dann schien ihr etwas einzufallen; sie sagte: »Eines Tages werden Sie auch das überwunden haben, ich meine das, was Sie jetzt quält. Sie können nicht Jahr für Jahr so weitermachen.«

»Fangen Sie nicht schon wieder damit an!«

»Aber, Roy, sehen Sie es denn nicht? Sie vergeuden Ihr Leben. Sie könnten –«

Er setzte sich abrupt auf und wandte sich von ihr ab. »Ja. Ich weiß, ich weiß! Ich sollte nicht tun, was ich tun will, ich sollte nur tun, was die anderen Leute wünschen, daß ich es tue – für sie!«

»Aber nein! Ich meine es nicht so. Oh, es tut mir leid, Roy. Ich hätte das alles nicht sagen sollen. Es tut mir leid.« Sie hob sich auf die Ellenbogen und legte ihre Hand auf die seine.

Ihre Stimme klang traurig. Er sah, daß sich Tränen in ihren Augen bildeten.

»Hey . . .! Doch nicht meinetwegen! Das ist die Sache nicht wert.«

»Ich glaube – doch. Aber ich habe nicht das Recht –«, Katy zwinkerte und schluckte. »Dafür sollte ich bestraft werden. Nun tun Sie schon, was Sie wollen, ehe Sie mich küßten.«

Sie legte sich auf das Bett zurück.

Roy zögerte. »Wenn Sie es nicht wollen . . .«

»Ich will. Fangen Sie schon an.«

Er wußte, warum sie plötzlich so bereit war. Sie wollte ihn halten; sie fürchtete, sie würde ihn mit ihrem Gerede wegtreiben und nun wollte sie ihn mit ihrem Körper halten. Es bewies, wie sehr Katy an ihm interessiert war.

Er würde jetzt ihre Bluse aufknöpfen, den Büstenhalter lösen und mit dem Gesicht in den riesigen Halbmonden ihrer Brüste versinken. Und er fühlte sich schuldig. Sie wirkte so scheu und liebenswert, daß er fast versucht war, es nicht zu tun. Er knöpfte schnell ihre weiße Bluse auf und öffnete sie. Der Büstenhalter bestand nur aus einem dünnen weißen Nylonnetz mit schmalen Haltern – er war nur Dekoration; sie brauchte ihn nicht.

Roy merkte nicht, daß er seine Lippen befeuchtete. Er starrte auf die Fleischhügel und wußte, daß ihre Brüste sich allein trugen, daß sie perfekt, daß sie ideal waren.

Seine Hände zitterten, als er Katy berührte, um ihr anzudeuten, daß sie sich umdrehen sollte.

Katy fragte leise: »Ist das nun so wichtig für dich?«

Seine Stimme war heiser. »Ja!« Seine Kehle hatte sich verengt, sein Magen schmerzte.

Sie zögerte einen Augenblick lang, dann drehte sie sich um und erlaubte ihm, den Büstenhalter aufzumachen. Sie legte sich wieder auf den Rücken und beobachtete scheu, wie er zart den Büstenhalter herunternahm und beiseite legte.

»Mein Gott!« rief Roy staunend, staunend und voller Wünsche.

Die Brüste waren zwei fehlerfreie weiße Hügel mit lieblichen roten Knospen, die aufrecht in roten Kreisen standen.

Er streckte beide Hände aus. Und obgleich seine Hände groß und seine Finger lang waren, konnte er die prächtige Fülle nicht umfassen.

Ihr Fleisch war fest und warm. Er senkte den Kopf darauf und wurde wieder zum Kind, er legte den Mund auf ihre Brust und saugte einen Nippel tief ein.

Katy holte bei der Berührung tief Atem; ihr Rücken senkte sich.

»Roy... Roy... Roy... Roy!!«

Ihre beiden weichen Hände griffen nach seinem Kopf und schoben ihn von der Brust. »Bitte, Roy, nicht mehr!«

»Bitte!« sagte er.

Wieder legte er seinen Mund auf ihre Brustwarzen. Es war schöner als viele Berührungen, an die er sich erinnerte... Ihr Fleisch duftete und vibrierte tief innen, und er spürte deutlich, daß es sie durchlief; er dachte einen Augenblick lang an das, was sie ihm zwischen ihren vollen Oberschenkeln noch verbarg. Und sein Roy ganz unten füllte sich mit Blut und wurde dick und groß und preßte sich gegen die enge Hose, so daß es richtig unangenehm war, aber er konnte nichts dagegen tun.

Vielleicht würden ihre Hände die weiche Haut an dem dikken Muskel umfassen, aber er durfte es noch nicht wagen.

Wenn die Stunde gekommen war, würde sie es tun.

»Ich... ich kann nicht mehr, Roy. O Roy! Was tust du mit mir?«

Es war die Versuchung, und es fiel ihm schwer, ihr nicht nachzugeben. Er wußte auch nicht, warum er ihr nicht die Kleider vom Körper riß, sie auf den Rücken drehte, sich auf sie warf, den geschwollenen Schnucki einführte und sie zur Raserei brachte – wie ... – wann war es gewesen? ... wie jene Frau aus der 2. Etage. Moona Sowieso ...

Aber er durfte es nicht.

Er ahnte, daß sie unendlich viel zu geben hatte, aber es mußte erst die Zeit kommen.

Er ließ ihre Nippel los; sie fiel zurück. Die schweren Brüste senkten sich ein wenig, aber sie waren immer noch unglaublich fest und hoch. Hohe Hügel in der schönen Landschaft ihres weichen, fraulichen Körpers.

Immer noch preßte sich sein Kerlchen gegen die enge Hose, und er hoffte, daß Katy es nicht merken würde. Es war seltsam – sie war irgendwie unberührt.

Er richtete sich auf und stand vor ihr. Dann streckte er beide Hände aus und zog sie hoch. Er konnte den Blick nicht von ihren Brüsten lösen. Und er hatte das Gefühl, daß sie sich gern ansehen ließ.

Roy versuchte sie zu küssen, aber sie drehte den Kopf nach links.

»Nein, ich – ich kann nicht mehr. Es ... es erregt mich zu sehr. Du – du mußt ins Lair!«

»Zum Teufel mit dem Lair!« Er wollte sie anfassen, aber sie hielt seine Hände fest. Doch dann kam er frei. Er schob beide Handteller unter die großen Berge und wiegte sie. Er mußte ganz einfach noch einmal diese Köstlichkeit spüren!

Aber sie griff wieder nach seinen Händen und hielt sie diesmal fest. Ein paar Sekunden lang sahen sie sich in die Augen. Ihre Brüste zitterten, und er spürte, daß sie, sicher ohne es zu wollen und ohne es zu merken, ihre Hüften gegen ihn preßte.

Was ging in ihr vor? Woran dachte sie? Er legte seine Hände so um ihre herrlichen Brüste, daß die Nippel, nun dunkelrot und hart, ihn anzuschauen schienen. Füllte sich der enge Schlauch, der zwischen roten Lippen in die Tiefe ihres Leibes führte, mit dem köstlichen Saft ... ?

Roy hob den Blick von ihren Brüsten. »Schön«, sagte er.

Sie lächelte. Sie spürte, daß die große Versuchung vorüber war. Für diese Stunde.

»Gut«, sagte Roy heiser, als er das bebende Fleisch losließ. »Aber ich will dir sagen, daß du die schönsten Brüste hast die ich jemals gesehen habe. Und – und ich habe viele gesehen . . .«

Katy sah an sich herunter. »Sie sind eine Qual für mich. Manchmal wünsche ich, ich hätte sie nicht.«

Sie legte sie in die Körbchen und schloß den Büstenhalter.

Roy entspannte sich. Noch immer war sein Glied hart. Er hatte nur einen Wunsch: er wollte sie sehen, ganz nackt, sie küssen, streicheln, bis sie sich vollständig ergeben hatte. Er wollte mehr und alles von ihrem Körper, er wollte sie ganz haben, er wollte ihre wundervolle Unschuld genießen. »Ich gehe nun«, sagte er.

Katy zog ihre Bluse an und knöpfte sie zu. »Roy, du kannst immer zu mir kommen.«

Er lächelte und zwang sich zu einer Ruhe, die er gar nicht fühlte. »Okay. Die Arbeit hier ist zwar ziemlich hart und lang. Man hat nicht viel Freizeit. Aber ich werde dich wieder sehen.«

»Verstehst du, warum ich dir nicht erlauben konnte –«

»Ja. Ja, ich verstehe es bestimmt. Aber wir werden bald wieder zusammen sein. Und viel länger.«

Katy senkte die Augen.

»Immer, wann du willst. Du mußt es mich nur wissen lassen.«

Roy nickte und ging zur Tür. »Also bis bald, Katy.«

Er verließ sie, und erst als er ins Lair kam, fiel ihm ein, daß er sie beim Verlassen zum erstenmal bei ihrem Vornamen genannt hatte. Er tat das nur sehr selten; er hatte eine seltsame Scheu, Mädchen so schnell beim Vornamen zu nennen. Und Männer nannte er noch viel seltener bei ihrem Vornamen. Er wußte selbst nicht, was es war, aber er liebte es, die Leute auf Distanz zu halten, nie zu nahe an sie heranzukommen. Aber seltsamerweise war es diesmal ganz anders gewesen. Sie war so süß, so attraktiv, sie war so sehr Frau, daß er es einfach hatte tun müssen.

Er hatte gar keine Zeit und auch keine Gelegenheit gehabt, lange darüber nachzudenken.

Im Lair war nicht viel los. Roy ging zur Bar und meldete sich bei dem Barmann. Er bemerkte einen jungen schlanken Neger, der ihn von der Snack-Bar im Alkoven beobachtete.

Der Barmann hieß Jocko. Er hatte einen blonden herunterhängenden Schnurrbart und dünne blonde Haare. Er sprach mit leicht britischem Akzent.

»So, du bist der Neue, was? Na schön. Hier ist deine Jacke. Ich glaube, Dave möchte gern abhauen.«

Roy zog die weiße Jacke an. Sie trug auf der Brusttasche den Kopf eines Tigers.

Dave Williams grinste. Er war ein hübscher Junge mit goldbrauner Haut und feinen Gesichtszügen. »Mann, bin ich froh, daß Sie kommen. Daß du kommst. Sieben Stunden hintereinander ist schon eine schöne Zeit!«

Sie stellten sich einander vor. Roy mochte ihn sofort.

»Du brauchst mir nur zu sagen, was ich tun muß, und dann kannst du ja gehen.«

Dave öffnete den Kühlschrank unter der Theke.

»Die Kellner haben gerade vor einer halben Stunde oder so neue Sachen hergebracht, und das dürfte für den Abend genügen. Du mußt bloß aufpassen, daß du den Salat loskriegst, sie mögen es hier nicht, wenn etwas umkommt. Und dann mußt du Sandwiches machen. Ich habe Kaffee für dich bereitgestellt.« Er deutete auf einen Boiler. »Heißes Wasser für Tee. Das ist auch da. Mann, für dich habe ich doch an alles gedacht, was?«

»Besten Dank. Ich werd' auch mal was Gutes für dich tun. Zum Beispiel, mal etwas früher hier aufkreuzen.«

»Ja. Genau das ist die Sprache, die mir am besten gefällt. Wir werden prima miteinander auskommen.«

»Habe ich noch irgend etwas zu tun?«

Dave betrachtete Roy abschätzend.

»Mann, wenn die Bande nachher hier hereinplatzt und dich sieht, bleib' bloß kühl. Es ist eine wilde Menge, und besonders die Damen werden gleich hinter dir her sein. Manche tragen heiße Höschen und darunter sind sie auch verdammt heiß.«

Roy lächelte. »Na, ich denke, du kriegst auch eine Menge Angebote.«

Dave zeigte seine weißen Zähne. »Jaja, manchmal. Manchmal auch nicht. Ich kann dir sagen, ich bin sehr wählerisch. Ich muß das auch sein.« Er schaute auf seine goldene Armbanduhr. »Ich hau' ab. Bleib bloß cool, Mann!« Er ging mit dem leichten Schritt eines Athleten davon.

Ein schwergewichtiger kahlköpfiger Mann tauchte aus der Dämmerung einer Nische auf, ging durch den Raum und blieb an der Bar stehen. Er bestellte einen Whisky und kippte ihn. Dann kam er zur Snack-Bar und ließ sich einen Sandwich geben. Er deutete mit dem Messer darauf. »Ist das scharfer Cheddar-Käse?«

Roy sah auf die Auswahl der verschiedenen Käsesorten. »Ich weiß es nicht, Sir. Ich bin den ersten Tag hier und habe mich noch nicht genau umsehen können.«

Der Mann grinste. »Na, hoffentlich ist es kein Schweizer.« Er warf seinen Kopf zurück und lachte. »Sie haßt nämlich Schweizer Käse. Und die Schweizer dazu. Ich habe nie herausbekommen, warum.«

Roy nickte; er wunderte sich über die scharfen Blicke des Mannes. »Ich verstehe vollkommen, Sir.«

»Geben Sie mir eine Tasse Kaffee!« Der Mann nahm den Sandwich und die Tasse mit, augenscheinlich war er zu der Überzeugung gekommen, daß Roy keine Konkurrenz für ihn war.

Eine Gesellschaft von sechs Leuten kam durch die Tür und ging zur Bar. Die drei Jungen und ihre Mädchen sahen aus wie wohlhabende Studenten. Sie waren halb zivil gekleidet, da Skikleidung im Lair nicht erlaubt war.

Roy beobachtete sie, ein wenig neidisch, sich wieder erinnernd...

Auf der kleinen Bühne tauchte die Band auf, die anscheinend eine kurze Pause gemacht hatte und spielte Tanzmusik. Eine noch gutaussehende Frau mit silbergrauen Haaren erhob sich von einem nahen Tisch und wurde von einem verwegen aussehenden, hübschen Mann, der etwa dreißig Jahre alt sein mochte, zur Tanzfläche geführt. Es war offensichtlich für Roy, daß der attraktive junge Mann ihr Liebhaber war. Sie mußte sicher eine Menge Geld für ihn bezahlen.

Plötzlich hörte er die laute Stimme einer Frau, und dann sah er, daß jemand in einer verdunkelten Nische sich bewegte. Roy erkannte sofort die Stimme, er lächelte, als Diane Blair in dem orangefarbenen Licht auftauchte, das die Fackeln an den Wänden verströmten.

Das Sexy-Starlet drehte sich um und rief wütend: »Wenn ich nüchtern sein will, Max, dann werde ich es dir sagen! Du weißt genau, was du mit deinem gottverdammten Kaffee tun kannst! Schmeiß ihn weg!«

Der schwergewichtige kahle Mann, den Roy vor wenigen Minuten, gerade als er hinter die Theke gekommen war, bedient hatte, kam aus der Grotte und versuchte, sie zu beruhigen, während sich einige Kellner in der Nähe aufhielten.

Aber Diane löste sich von Max und ging schwankend zur Bar, sie hielt sich an den Lehnen der Stühle und Sessel fest, und sie schaffte es. Sie hatte weder Schuhe noch Strümpfe an.

Jocko, der Barmann, hatte neben Roy gearbeitet. Er sah, daß sich Diane näherte und murmelte: »Irgend jemand sollte sie mit hinausnehmen in den Schnee und sie draußen verlieren.«

Diane stieß gegen einige Paare auf dem Tanzboden und wäre fast gegen die Bar gefallen. Ihr honigblondes Haar hing über ihrem Gesicht.

»Ich will 'nen doppelten Scotch, Jocko!«

Dann bemerkte sie Roy. »Aaaaah ... guckt mal alle her! Mein Hübscher ist wieder da.« Sie rutschte hinunter, bis ihr Kinn auf der Bar lag, nur einen Meter von Roy entfernt. Sie blinzelte zu ihm hoch. »Ich will dich mal haben. Hübscher. Besuchst du mich? Okay?«

Max kam zur Bar. Er hatte ihre Schuhe in der Hand.

»Komm mit, Diane! Du solltest nichts mehr trinken. Das ist nicht gut für dich.« Er betrachtete verärgert die Leute, die Diane beobachteten. Sie alle wußten, wer sie war.

Diane zog sich vorsichtig hoch. Ein Träger ihres weit ausgeschnittenen Kleides fiel über ihren Arm, und ein Teil ihrer weißen Brust zeigte sich in dem Ausschnitt.

»Ich weiß, ich weiß! Das verdammte Studio würde verrückt werden, wenn ich besoffen hinkäm'!« Sie kicherte. Dann zog sie automatisch den Träger hoch.

»Zu schlecht. Zu, zu, zu schlecht.« Sie kicherte. »Tutsie – tuut – tuut ... auf Wiedersehen! Tutsie, weine nicht gleich ...!«

Sie lachte, und dann hörte sie plötzlich auf zu lachen. Sie sah Roy an, und er sah die nackte Gier in ihren Augen, die nackte Gier eines sexbessenen Mädchens.

»Ich wohne im Penthouse, Hübscher. Wie heißt du?«

»Roy«, antwortete er mit einem amüsierten Lächeln.

Sie nickte ein paarmal vor sich hin. »Roy –, Roy! Hübscher Roy, Roy.« Sie kicherte wieder.

Max versuchte, sie vom Barhocker zu ziehen. Einen Augenblick lang wehrte sie sich, aber dann gab sie nach. Sie schaute komisch verzweifelt zu Roy zurück, dann war sie weg.

Die Band spielte nun eine heiße Sache, und die jungen Leute beherrschten die Tanzfläche. Jocko ging ans Ende der Bar zurück, um einige Gäste zu bedienen, und Roy war einen Augenblick lang allein. Er suchte im Kühlschrank nach Oliven. Als er sich wieder aufrichtete, sah er einen Mann mit einem weichen Gesicht und grauen Schläfen, der vor ihm stand.

»Ist das nicht schrecklich?« sagte der Mann. »Frauen benehmen sich vielfach so.«

Seine Stimme bekam einen zynischen Beiklang. »Ich mag Weiber nicht. Sie zeigen zuviel . . ., sie präsentieren sich gern . . . sie wollen mit ihren Brüsten die Männer verführen.

Wissen Sie, mir kommen Brüste immer vor wie eine Art riesiger Krebs. Wächst und wächst.«

Er starrte Roy ins Gesicht, um seine Reaktion zu sehen. »Ihnen nicht auch?«

Roy spürte die instinktive Abwehr eines gesunden Mannes gegenüber einem Schwulen. Er sagte: »Nein. Ich mag sie. Und ich mag sie so, wie sie sind. Und für mich sind ihre Brüste etwas sehr Schönes . . .«

»Immer? So ein netter Junge wie Sie . . . Sie sollten eigentlich wissen, wohin Sie gehören . . .«

»Immer«, antwortete Roy fest.

»Ich bin ein Mann, der nicht aufs Geld schaut.«

»Besten Dank, aber ich bin nicht interessiert.«

Der Mann zuckte mit den Schultern, lächelte leicht und ging davon.

Ein paar Augenblicke später kam eines der Collegegirls herüber und bestellte sich einen Sandwich.

»He, Schöner! Wir wär's mit einem Tänzchen?«

Sie hatte ein Puppengesicht, aber sie sah sehr energisch und sehr wach aus.

Roy bedauerte. »Es tut mir leid – das ist gegen die Vorschriften des Hauses.«

»Ach, Quatsch! Bloß ein kleines Tänzchen. Nehmen Sie ganz einfach die weiße Jacke ab.«

»Man würde mich hinauswerfen. Ich brauche den Job.«

Sie stieß hörbar die Luft aus und ging davon. Roy sah hinter ihr her. Sie hatte es als persönliche Beleidigung genommen. Sie hatte keine Ahnung, wie wichtig ein Job war. Sie hatte niemals einen Job gehabt, sie brauchte sich auch nicht darum zu kümmern. Das war eines jener Mädchen, die reiche Väter hatten, die aus Los Angeles oder irgendwoher kamen, um sich zu amüsieren.

Er wußte genau, wie ihr zumute war. Er war einmal in derselben wunderbaren Position gewesen. Aber das war lange Zeit her. Sehr lange.

Roy bückte sich wieder und holte etwas Brot herauf.

Eines war sicher: Er wollte diesen Job nicht verlieren, und vor allem wollte er sich die Möglichkeit nicht verbauen, wieder einmal Ski zu fahren. Er wollte sein Leben in keiner Weise ändern!

Fünfzehn Minuten später kam Max wieder ins Lair.

Er war allein. Er kam geradewegs auf die Snack-Bar zu.

»Ich möchte mit Ihnen sprechen!«

Roy schnitt weiter Tomaten in Scheiben. »Legen Sie los!«

»Über Diane. Sie ist ein bißchen durcheinander. Sie sagt Dinge, die sie zu anderen Zeiten nie sagen würde. Nehmen Sie sie nicht ernst.«

»Wer sind Sie? Ihr Vater?«

»Ich bin ihr Agent. Max Shields. Ich habe andere Stars an der Hand, aber ich muß immer auf sie aufpassen wie ein kleines Kind. Es ist nicht leicht, sie richtig zu behandeln. Sie macht immer die verkehrtesten Sachen. Und es gibt Männer, denen gerade diese verkehrten Sachen so gut gefallen. Mir nicht. Ich habe etwas anderes mit ihr vor.«

Roy lächelte. »Sie meinen also, ich sollte ihre Einladung nicht annehmen?«

»Ich rate Ihnen, es nicht zu tun.«

»Ich habe auch nicht die Absicht.«

»Okay. Ich dachte, Sie würden auf sie reinfallen, ich habe mich also getäuscht.« Er blieb noch eine Weile an der Theke stehen.

»Sind Sie auf einem College gewesen?«

»Ein paar Jahre. Warum?«

»Ich weiß nicht genau. Aber Sie sind in Ordnung. Sie ziehen die Leute an. Man beachtet Sie.«

»Ich kann nichts dagegen tun.«

»Wer würde schon? Haben Sie nie daran gedacht, Schauspieler zu werden?«

»Nein. Mir geht's gut, ich bin glücklich.«

»Als Lakai, als Dienstbote? Verarschen Sie mich nicht!« Er gab Roy seine Karte. »Hier, schauen Sie einmal bei mir rein!«

Roy starrte ihn an. »Meinen Sie das ernst?«

»Verdammt ernst. Ich könnte mit Ihnen einen Filmtest machen, und es könnte vielleicht klappen. Werbefilme und so...«

Roy zögerte, dann zerriß er die Karte. »Nein, besten Dank.«

»Sie lassen sich vielleicht eine große Chance entgehen.«

»Hören Sie, das ist mein Leben, meine Zukunft, meine Chance. Und ich weiß genau, daß mir das alles, so wie es ist, ausgezeichnet gefällt. Okay?«

»Sicher. Na, bis später.«

Max verließ das Lair.

Und Roy machte sich wieder an die Arbeit.

Später dachte er einmal an die Frau aus dem 2. Stock, mit der er geschlafen hatte. Sie war nicht gekommen. Er wollte sie durchs Haustelefon anrufen, aber der Mann an der Rezeption, der die Verbindungen herstellte, sagte, sie sei abgereist.

Roy zuckte mit den Schultern.

Vielleicht war es besser so.

4

Roy hatte die Theke der Imbißecke in Ordnung gebracht und die nicht verwendeten Nahrungsmittel in den Eisschrank gelegt. Nun sagte er Jocko gute Nacht; es war zehn Minuten nach 10.

Hank und Helen warteten schon auf ihn. Sie saßen eng aneinandergeschmiegt auf einer Couch in einer dunklen Ecke der Lobby, etwas entfernt von dem flackernden Kaminfeuer, und küßten sich.

Ein paar Augenblicke stand er da und beobachtete sie. Helen trug einen weiten gestreiften Sweater und enganliegende Skihosen. Unter ihrem Sweater bewegte sich Hanks Hand in langsamen Kreisen. Ihre Lippen lagen aufeinander, sie küßten sich mit geschlossenen Augen. Roy lehnte sich über ihn, um ihm zu sagen, daß er da sei, als Helens kleine schmale weiße Hand an Hanks Hosenschlitz herumfummelte.

Sie lösten ihre Lippen, schnappten nach Luft, Hank öffnete die Augen und sah Roy. Er war nicht verlegen. Er zog lässig seine Hand unter ihrem Sweater heraus; Helen richtete sich auf und zog ihre Hand zurück.

Hank sagte: »Hallo, Roy! Bist du fertig, können wir gehen?«

Helen sah auf, errötete, Verlegenheit stand in ihren Augen. »Hi . . .!«

»Ich kann nicht lange bleiben«, sagte Roy.

»Wir auch nicht.«

»Seid ihr sicher, daß ihr überhaupt gehen wollt?« Roy grinste. »Ihr beiden hattet es euch vor einer Minute noch recht gemütlich gemacht.«

Hank gluckste. »Wir wollten uns für das Hauptereignis nur ein bißchen aufwärmen.«

Helen lächelte und griff mit den Händen in ihr Haar, um es wieder herzurichten. »Wirklich, Hank!«

»Wie kommen wir runter ins Dorf?«

Hank stand auf und zog Helen auf die Füße. Sie nahm ihren Mantel vom Boden. »Wir gehen zu Fuß. Es sind nur fünfzehn Minuten.«

Sie gingen in die eisige Nacht hinaus. Im Dorf mußten sie vorsichtig sein, die Straßen waren glatt. Hank führte sie zu einer Reihe von kleinen Häusern. Das letzte war hell erleuchtet. Ein Fenster war teilweise geöffnet, und laute Musik klang in die kalte Nacht hinaus. Roy hörte Stimmen, Gelächter und laute Schreie.

Ohne anzuklopfen trat Hank ein. Helen und Roy folgten ihm.

In der Hütte waren eine Menge College-Girls und Jungen. Sie

waren auf dem Boden, sie standen, sie saßen auf den wenigen billigen Stühlen und der einzigen Couch, sie hockten auf Tischen. Die meisten aber schienen ständig in Bewegung zu sein; sie holten Drinks, sie gingen von einer Gruppe zur anderen, sie brüllten von Zimmer zu Zimmer, sie lachten, sangen die Melodie mit, die aus dem Lautsprecher einer Stereoanlage in einer Ecke kam.

Roy bedauerte sofort, daß er mitgegangen war. Er mochte diese Art von Partys nicht. Er mochte nicht schreien, um gehört zu werden, und er wollte sich nicht als Außenseiter fühlen.

Hank sagte: »Such dir einen Platz. Ich weiß, wo die Drinks sind. Ich bin gleich zurück.«

Helen drückte sich an einer vollbesetzten Couch vorbei und setzte sich auf den Fußboden, sie zog ihre Knie zur Brust. Roy setzte sich neben sie.

Helen bewegte ihre Schultern im Rhythmus der Musik. »Ich hoffe, er bringt nicht nur Bier mit. Ich möchte heute abend high sein.«

»Das ist genau das, was ich für morgen früh brauche – einen Kater«, sagte er, während er die Mädchen in der Menge betrachtete. Es waren nicht viele da, die ihm auf Anhieb gefielen.

Helen erriet seine Gedanken. »Sie machen mich krank. Ich meine diese College-Girls. Verrückte Kleider und einen Haufen Geld. Sie wissen nicht einmal, daß ich existiere, wenn ich ihnen in der Lodge zu essen und zu trinken bringe.«

»Warum kommen Sie eigentlich hierher?«

»Oh . . . – Hank spielt gern den großen Mann. Ich bin sein Mädchen. Wir kommen hierher, und sie haben ihren Spaß mit uns, und er weiß es nicht einmal. Ich hasse sie!«

Ein College-Boy, von der Sonne gebräunt und recht gut aussehend, lehnte sich über den Arm der Couch und griff in Helens Haar. »Hey, Mädchen! Werdet ihr heute abend wieder eine Show abziehen, du und dein Freund?«

Helen schlug seine Hand weg. Sie antwortete nicht. Der Junge lachte und sah Roy an. »Bist du ihr neuer Partner?«

Roy stand auf und ging zur Küche. Er brauchte ein Glas Bier. Er war durstig. Auf dem Weg dorthin begegnete er Hank.

»Hey, Roy, wo willst du hin? Ich hab' was Gutes geholt!« Er

öffnete seinen schweren Mantel weit genug, um Hank eine Flasche Whisky in seinem Gürtel sehen zu lassen.

»Gibt's auch Bier?«

»Klar, aber das muß man bezahlen. Warum hilfst du uns nicht, die Flasche zu leeren? Ich hab' sie umsonst gekriegt. Sie kennen mich.« Er zwinkerte. »Ich habe gute Freunde hier.«

»Ich will noch ein bißchen herumlaufen. Bis später.«

»Okay, okay – und gute Jagd!«

Roy kaufte sich eine Flasche Bier in der Küche und ging durch den Flur zu dem großen Zimmer zurück. Eine kleine Gruppe hatte sich um den Ölofen versammelt. Er hörte ihrer Unterhaltung interessiert zu.

Ein schmaler Junge mit großen Brillengläsern sagte: ».. . es gibt ja keinen Existentialisten mehr in Amerika. Jedenfalls keinen, den man mit ihm vergleichen könnte.«

Ein schwarzhaariger Junge sagte ärgerlich: »Zur Hölle mit Camus! Reden wir doch lieber über Sex.«

»Sex!« rief ein Mädchen in einem roten Pullover, der ihr über die Hüften hing. »Mutter hat gesagt, ich soll sofort gehen, wenn von Sex gesprochen wird. Sie hat allerdings nicht gesagt, daß ich es nicht tun dürfte ...«

Neben ihm stand ein dickes, vollbusiges Mädchen. Es rief: »Mann, auf dem College sollen sie jetzt Pillen verteilen. Es ist morgens zu vielen Mädchen übel, versteht ihr.«

Die anderen lachten. Roy ging weiter. Er sah, daß Hank und Helen abwechselnd aus der Flasche tranken. Langsam ging er von Gruppe zu Gruppe. Er wunderte sich, daß keiner über Skifahren sprach. Wozu waren sie eigentlich hier?

In einem Schlafzimmer geriet er in eine ernsthafte Diskussion. Drei ältere Jungen und ein intelligent aussehendes Mädchen lümmelten sich auf dem Doppelbett herum. Roy hörte eine Weile zu, aber dann ging er weiter. Die Diskussion war ihm zu ernsthaft; sie paßte nicht hierher. Wenn sie bloß das Politisieren bleiben lassen würden, dachte er. Er hatte sich erst einmischen wollen, aber dann hatte er es doch gelassen.

Gerade als er gehen wollte, streckte ein Junge den Kopf durch die Tür: »Hey, die Show beginnt. Der große Liebhaber ist schon mächtig in Form.«

Das Mädchen kicherte. »Nicht schon wieder!«

Einer der Jungen stand auf. »Das muß ich sehen. Ich frage mich bloß, wie sie das Abend für Abend aushalten.« Ein anderer schloß sich ihm an.

»Na komm schon, Sue, wollen wir mal die kleine Blonde in Aktion beobachten ...«

Das intellektuell aussehende Mädchen zog ein Gesicht.

»Sex, Sex, Sex ...«

Aber es folgte den anderen in das große Zimmer.

Roy war plötzlich allein. Er ahnte, was vorging. Er drückte sich durch die anderen in das Zimmer und schaute über Schultern und Köpfe. Es war ziemlich ruhig in diesem Zimmer. Zwar kam noch die Musik aus dem Lautsprecher, aber die Aufmerksamkeit hatte sich auf Hank und Helen konzentriert, die nackt auf dem Boden vor der Couch lagen.

Sie waren beide betrunken. Die Flasche war leer, sie lag vergessen an der Wand. Ein Junge neben Roy lachte und flüsterte: »Sie hat den Bogen raus, was?«

Helen war betrunken und leidenschaftlich. Sie hatte ihre Beine gespreizt, und zeigte alles, was sie an Fraulichkeit zu bieten hatte. Hank kniete neben ihr. Er streichelte ihre festen Brüste, und man konnte deutlich seinen aufgerichteten Hankie zwischen den Beinen sehen.

Beide hatten die Augen geschlossen. Sie existierten nur noch füreinander. Der Raum war weit weg.

Hanks Hand suchte ihre Klitoris, und Helen begann zu stöhnen. Das intelligente Mädchen stand neben Roy. »Sie sind Tiere. Er bringt sie fast jeden Abend hierher und treibt es mit ihr. Es ist geschmacklos.«

Hanks Finger glitten in Helens Muschi.

»Nun mach schon los, Junge! Tiefer, Mann! Laß uns sehen, was sie tun wird!«

Roy sah das Mädchen neben sich an. Es beobachtete aufmerksam. Dann sagte es mit halblauter Stimme: »Es ist ekelhaft ... ekelhaft ...«

Der Junge, der immer noch auf der Couch lag, legte die andere Hand auf Helens feste, runde Brust; er streichelte über einen Nippel, und er lachte, als der Nippel immer dicker wurde.

Ein Mädchen in der Gruppe sagte laut: »Sie hat gar nicht so viel. Ich hab' viel mehr als sie!«

»Dann zeig es, Gloria!« rief ein Junge neben ihr.

Sie zog ihren Pulli hoch und entblößte große Brüste.

»Zieh ihn aus! Zieh ihn aus!«

Sie errötete und schüttelte den Kopf. Die Aufmerksamkeit wandte sich wieder Hank und Helen zu. Hank warf sich über das Mädchen. Helen begann kleine Schreie auszustoßen, während Hank stöhnte.

Roy beobachtete, was geschah und fragte sich, ob und wie sie sich wohl am nächsten Morgen an diese ganze Geschichte erinnern würden.

Nach einer Weile gingen die meisten Studenten weg und bildeten wieder kleine Gruppen, um zu trinken und sich zu unterhalten. Jemand warf einen Mantel über die entblößten Körper. Etwas wie Scham war in der Luft. Nur noch wenige waren geblieben und sahen weiter zu.

Ein Junge, der neben Hank herging, sagte: »Wenn man es einmal gesehen hat, dann hat man es immer gesehen. Sie bringen ja gar nichts Neues.«

»Wie schamlos«, sagte ein Mädchen. »Wie kann sie das bloß tun, wenn ein ganzes Zimmer voller Menschen zuschaut, so betrunken war sie doch auch nicht.« Ein anderer Junge sagte: »Sue, du bist altmodisch. Was ist denn eigentlich dabei? Das tun doch die Leute jeden Tag – oder jede Nacht.«

»Aber nicht in der Öffentlichkeit!«

»Und ist es wirklich so schrecklich! Wem schadet es? Was würde es denn schon ausmachen, wenn es jeder hier mit jedem tun würde, und die einen würden die anderen beobachten?«

»Also, ich bin der Meinung, daß das eine ganz besondere Sache ist, wenn zwei das miteinander tun, eine rein private Sache und keine Vorführung.«

Der Junge gähnte. »Sue, manchmal spinnst du. Komm lieber mit mir nach Hause, ich will's so mit dir machen, daß du bestimmt auf andere Gedanken kommst.« Sie setzten sich beide auf das Ende des Bettes. Und sie begannen wieder, über ethische und moralische Probleme in der Sexerziehung zu debattieren.

Roy hörte ihnen eine Weile zu, dann ging er wieder in das große Zimmer. Hank und Helen hatten sich angezogen und saßen müde auf der Couch. Es waren kaum mehr Leute da, die Show war beendet.

Roy ging zu ihnen. »Wieviel Uhr ist es? Ich bin verdammt müde.«

»Gegen Mitternacht«, erwiderte Hank. »He, Schatz, willste nich' endlich mit nach Hause gehen?«

Helen schien immer noch betrunken vom Whisky, ausgehöhlt vom Sex, und schläfrig. Sie nahm ihren Kopf von Hanks Schulter und nickte.

Roy wollte nicht über das sprechen, was geschehen war. Es ging ihn nichts an. Es war ihre Sache.

Die eisige Kälte traf sie wie ein Messer. Sie trotteten mit gesenkten Köpfen der Lodge zu. Helen zitterte, sagte aber nichts. Als sie den dunklen Weg entlanggingen, lachte Hank. »Wir haben ihnen ihren Weg prima bezahlt. Haste uns gesehen, Roy?«

»Ja.«

Helen schwieg. Sie trottete immer noch mit gesenktem Kopf zwischen den beiden Männern. Hank legte seinen Arm um Helen. »Diese verdammte Kälte macht einen wach, was? Wenn wir in die Lodge kommen, Helen, wollen wir's noch mal machen?«

Helen sagte mürrisch: »Halt endlich den Mund!«

Hank lachte. Der Weg wurde schmaler, und er mußte vorangehen. Rechts und links waren hohe Schneeaufschüttungen. Der Mond war verschwunden; es war sehr dunkel. Nur das Licht vom Schnee reflektierte und zeigte ihnen, wie sie zu gehen hatten.

Roy ging links neben Helen. In der Dunkelheit stieß sie gegen ihn. Zuerst dachte er, es wäre Zufall gewesen, aber sie wiederholte es. Dann suchte sie nach seiner Hand, ergriff sie, und zog sie unter ihren Sweater. Roy fühlte ihr Zittern, als seine eisigen Finger ihre nackten Brüste berührten.

Er wärmte seine Hand einen Augenblick lang an ihrem Fleisch, strich ein paarmal über ihre Nippel, dann zog er die Hand weg. Abwarten, dachte er. Deine Zeit wird kommen, Helen. Wir werden unseren Spaß schon haben.

Als es wieder heller wurde, warf sie ihm einen enttäuschten Blick zu und lehnte sich dann an Hank, der wieder neben ihr herging.

5

Sonntag. Um die Mittagszeit verließ Roy den Skiladen, um seine zwei Stunden Pause auszunutzen. Von der Tür aus warf er einen Blick auf die Seilbahn und die Lifte. Überall auf den Abfahrten, den Hängen und den Wegen, trieben sich Leute herum. Die meisten von ihnen hatten keine Ahnung vom Skifahren. In seinen Augen entweihten sie den Berg. Es waren nur selbstsüchtige Tiere, die davon abhielten, dem Berg das zu geben, was er eigentlich verdiente.

Denn die kalte, weiße Pracht brauchte einen Mann, einen einsamen freien Mann, der wußte, was er diesem Berg schuldig war. Nicht eine Herde von hüpfenden, fallenden Amateuren, die keinen Christiania von einem Stemmbogen unterscheiden konnten. Er wandte sich angewidert ab und ging in die Lodge zurück. In der Küche holte er sich eine Tasse Kaffee.

An einem der Tische saß Helen mit einem Hilfskellner namens Willy Pfieffer, einem pickeligen, schmalgesichtigen Jungen. Willy wollte sich unbedingt verabreden, aber Helen war augenscheinlich nicht interessiert.

»Na, los doch, Helen! Was ist los? Wir können unternehmen was du willst. Ich habe genügend Geld.«

»Ich habe zu tun, Willy. Laß' mich in Ruhe, ja? Ich muß in ein paar Minuten zu meinem Dienst zurück.«

»Ich will mich doch bloß unterhalten, um Himmels willen. Wirst du vielleicht müde, wenn man sich unterhält?«

Sie seufzte und steckte sich eine Zigarette an; sie versuchte, ihn zu ignorieren. Sie sah Roy, aber sie sagte nichts und tat so, als würde sie ihn nicht bemerken.

Willy runzelte die Stirn. »Ich kann dir genausoviel Spaß geben wie Hank!« Er grinste breit. »Ich hab' gehört, was gestern abend passiert ist.«

»Dann solltest du lieber den Mund darüber halten!«

Hank kam mit einem Tablett voller Geschirr in die Küche. Er sah finster drein, als er Willy so nah bei Helen sitzen und leise sprechen sah.

Willy hatte nicht bemerkt, daß Hank hereingekommen war. Er griff nach Helens Arm. Selbst Roy, der einige Meter entfernt war, hörte sein Flüstern. »Wenn du das mit ihm tust, warum nicht mit mir?«

Hank stellte das Tablett auf den Aluminiumteil der Theke und kam schnell zum Tisch. »Laß sie los, Willy!«

Willy sah grinsend auf. In Hank sah er nur einen kleinen jungen Mann, der ihm kaum Ärger machen konnte. »Kümmere dich um dich selbst. Helen gehört dir nicht.«

»Es ist mein Mädchen. Hörst du: Mein Mädchen!«

Hank ging um den Tisch, wo Willy saß.

Willy stand auf. »Fang bloß nichts an, Hank. Ich knall dir eine!«

Hank schnaufte und nahm etwas unter seiner Schürze hervor. Seine Hand hob sich und plötzlich hatte er ein Messer in der Hand. »Ich werde dir eine knallen, du Affe. Ich zerschneide dir nicht gern dein Gesicht, aber wenn du wirklich willst . . .«

»Mann, reg' dich doch nicht auf. Ich – ich . . .«

»Du bleibst von ihr weg!« Hank betrachtete ihn mit zusammengekniffenen Augen. »Und ihr alle bleibt von ihr weg!« Er starrte Willy an. »Hau' ab!«

Willy zuckte nachlässig mit den Schultern. »Wenn sie soviel für dich bedeutet, Mann . . .« Er ging vom Tisch weg, und Roy bemerkte die plötzlichen Schweißflecken auf dem Hemd unter seinen Armen.

Hank steckte das Messer weg und starrte finster auf Helen. Sie rauchte ungerührt weiter. »Und du bleibst von ihm weg!«

»Hank, ich habe überhaupt nichts getan. Er hat von gestern abend gehört. Und da hatte er sich eine Menge vorgestellt.«

»Ich hoffe nur, du hast dir nichts vorgestellt.« Er verließ die Küche.

Helen zog ein Gesicht, drückte ihre Zigarette aus und verließ den Tisch.

Roy hatte keine Angst vor Hank. Er war sicher, daß das Messer ein Bluff war. Eine Schau. Wenn Helen von ihm geliebt werden wollte, und wenn er in der richtigen Stimmung war, dann würde er sie lieben. Hanks Drohungen würden ihn davon nicht abhalten.

Roy nahm seine Tasse und seinen Teller, stellte sie auf der Theke ab und ging dann in den Schlafsaal. Er öffnete seinen Schrank und holte ein Buch heraus, um darin zu lesen; es war die Paperbackausgabe von »The Black Book« von Durell.

Aber im Schlafraum war es viel zu laut. Ein paar Jungen spielten in einer Ecke Karten, andere kamen naß von den Duschen... und das Licht war schlecht. Die Scheiben der beiden kleinen Fenster waren mit Schnee bedeckt, und das Deckenlicht war nur dünn.

Er lächelte zynisch. Hier durfte wirklich nichts umkommen, nicht einmal Elektrizität. Aber die meisten von ihnen lasen sowieso nicht.

Roy legte sich auf sein Lager zurück und schloß die Augen. Er dachte an Helen und dachte über Helen und Hank nach, und er sah das Bild wieder vor sich, wie sie beide auf dem Boden der Hütte gelegen hatten. Er war neugierig gewesen, nicht Helens wegen, aber Hanks wegen. Doch Roys Interesse war verschwunden, als Hank sich auf Helen gelegt hatte. Große Umwege schien Hank nicht zu mögen. Er hatte dem Mädchen etwas geben wollen, und er hatte es getan. Und anscheinend hatte es ihr recht gut gefallen.

Die Erinnerung brachte Roy auf eine Idee. Er stand auf und ging hinaus.

Er klopfte an Katys Bürotür. Keine Antwort. Er ging hinaus zur Rezeption. Der Mann dahinter sagte ihm, daß sie wahrscheinlich zu Mrs. Jarvis in den dritten Stock hinaufgegangen sei, die sich über irgend etwas beschwert hatte.

Roy hatte keine Lust zu warten. Er ging die Treppe hinauf; er hoffte, ihr irgendwo zu begegnen. Aus einer halbgeöffneten Tür hörte er Stimmen. Die eine gehörte Katy. Er blieb stehen und lauschte.

»... als Ihren Sohn eingetragen. Und nun sagen Sie mir, er sei es nicht, und Sie wollen getrennte Rechnungen. Aber wirklich, Mrs. Jarvis!«

»Nun regen Sie sich nicht gleich auf. Ich bin eine wohlhabende ältere Frau und ich weiß, was ich will. Dieser Mann ist nicht länger mein Angestellter. Und ich werde nicht länger seine Rechnungen bezahlen, hier oder anderswo. Ist das so schwer zu verstehen?«

»Allerdings nicht. Ich werde es erledigen. Aber die Geschäftsleitung wäre Ihnen dankbar, wenn Sie sich eine andere Unterkunft suchen würden. Sie sind hier nicht mehr gern gesehen.«

»Ich werde hierherkommen und bleiben, wenn es mir gefällt. Wenn Sie alle Frauen und ihre Sekretäre hier rausschmeißen, dann wird Ihr Betrieb bald leer sein – und Sie wissen das auch! Regen Sie sich also nicht über mich auf! Ich bezahle für diese Suite einen Haufen Geld, und ich kann erwarten, daß man mich in Ruhe läßt. Was ich hier tue, geht nur mich etwas an.«

»Es gibt so etwas wie eine öffentliche Moral –«

»Predigen Sie mir nichts über Moral, junge Frau! In einem Schlafzimmer gibt es so etwas nicht. Und das sollten Sie wissen!« Die Augen der Frau verengten sich plötzlich. »Aber vielleicht wissen Sie es gar nicht. Sie haben diesen mannhungrigen Blick in Ihren Augen. Genauso sah meine Schwester aus, als sie noch Jungfrau war und im ganzen Haus die Keuschheit predigte. Und als sie dann verheiratet war, da ließ sie es sein.«

Roy hörte, daß sich jemand der Tür näherte. Er trat beiseite. Er hörte Katy sagen: »Ich werde alles erledigen.«

Sie kam in den Flur und schloß die Tür. Als sie sich umdrehte, stand sie Roy gegenüber. »Oh!« Sie fuhr nervös zusammen. »Roy, was machen Sie hier?«

Roy lächelte, als sie ihn siezte, aber er verstand sie.

»Ich hätte Sie gern gesehen ... und ein bißchen mit Ihnen geplaudert. Ich dachte, wir könnten uns vielleicht während Ihrer Frühstückspause in Ihrem Zimmer treffen.«

»Oh, ich verstehe.« Katys Wangen röteten sich. »Nun, ich denke, wir können das tun.«

Einen Augenblick lang schwiegen sie verlegen. Roy fragte: »Wann haben Sie frei?«

Sie schaute auf ihre Armbanduhr. »Meine Pause beginnt um eins.«

»Ich werde dann hinaufgehen.« Er drehte sich um.

»Roy, ich – ich möchte wirklich, daß Sie mich besuchen kommen.« Sie schaute auf Mrs. Jarvis' Tür. »Wirklich, Sie dürfen es mir glauben.«

»Okay.«

»Hier!« Sie griff in die Tasche ihrer blauen Skihose. »Hier ist mein Schlüssel. Gehen Sie runter und warten Sie auf mich. Ich werde versuchen, ein bißchen früher zu kommen.«

»Okay.« Er nahm den Schlüssel und ging mit ihr zum Fahrstuhl. Als sie eingetreten waren, drückte Roy auf die Knöpfe. Sobald sich die Tür geschlossen hatte, beugte er sich zu ihr und küßte sie auf die Lippen.

Sie nahm den Kopf weg. »Nein, bitte. Nicht jetzt.«

»Aber warum –«

»Du verschmierst meinen Lippenstift. Ich kann mich doch dann nicht so in der Halle sehen lassen.« Sie lächelte ihn warm an und strich flüchtig über seine Hand. »Ich werde in ein paar Minuten bei dir sein.«

»Ja, entschuldige. Ich werde auf dich warten.«

Der Fahrstuhl hielt, und Roy stieg im zweiten Stockwerk aus. Er winkte, und Katy hob die Hand zu einem Aufwiedersehen. Die Tür schloß sich.

Roy ging über den Wand-zu-Wand-Teppich. Er dachte an die Vollkommenheit ihrer Brüste und ging ein wenig schneller.

Als Katy zehn Minuten später kam und anklopfte, ließ er sie ein und freute sich über ihren Atem, der etwas schneller ging, als er sie mit dem Rücken gegen die Tür drückte und küßte. Er lehnte sich gegen ihre Brüste, und er fühlte die volle Rundung ihrer Oberschenkel, schmeckte die Süße ihrer warmen Lippen.

Sie kämpfte um Luft. »Du – du hast mich überrascht.«

»Ich bin voller Überraschungen.« Wieder suchte er ihre Lippen. Sie schlang ihre Arme um ihn. Ihre Lippen verschmolzen und teilten sich, und er spürte ihre Zunge tief in seinem Mund.

Sie zog die Luft durch ihre Nüstern. Sie bewegte sich heftig und drehte ihren Kopf zur Seite. »Nicht – nicht so.«

»Warum nicht? Das tut doch jeder.«

»Ich weiß es, ich weiß! Aber es . . . es erregt mich zu sehr. Ich werde schwach. Die Knie geben nach . . .«

»Genau so soll es sein.« Roy ließ sie los und setzte sich auf die Couch.

Katy schien sich zu entspannen, als er nicht mehr so dicht bei ihr war. Sie holte tief Luft. Sie lächelte. »Du bist ein bißchen zu schnell für mich. Ich bin das nicht gewohnt.«

»Hast du Angst vor Sex?«

»Ich denke, ich bin... irgendwie ja...« Sie stellte sich vor den Spiegel und beschäftigte sich mit ihrem Haar, sie sah ihn nicht direkt an.

»Du bist keine Jungfrau mehr, nicht wahr, Katy?«

Sie lächelte traurig. »Nein. Es gab einmal einen Jungen in der Schule. Er hieß Teddy und hatte dünne Beine und eine große Nase; ich fürchte, das ist alles, was ich noch von ihm weiß.«

»Hat es dir gefallen?«

Solange Katy ihn nicht direkt ansehen mußte, sprach sie ziemlich offen. »Nein, um ehrlich zu sein, nein. Es schien mir nicht wert zu sein, es zu wiederholen.«

»Das ist dein ganzes Sexleben gewesen?«

»Ich bekomme Minderwertigkeitskomplexe, Roy. Ich glaube nicht, daß ich viel versäumt habe. Einmal ließ ich einen Mann mich küssen und mich so berühren wie du... aber... weißt du, ich habe nie einen gefunden, der mich so fasziniert hätte... Ich meine, daß ich ihm alles gegeben hätte.«

Ein paar Augenblicke lang beobachtete Roy sie schweigend. Sie beschäftigte sich immer noch hilflos mit ihrem Haar, sie wollte nicht damit aufhören, um ihn nicht ansehen zu müssen, denn sie wußte, was er wollte.

»Hey! Komm her und setz' dich zu mir.«

Katy zögerte.

»Komm schon. Ich beiße nicht.«

Sie lächelte. »Ich weiß. Ich benehme mich wie ein ängstliches Kind.« Sie kam und setzte sich neben ihn.

Roy drehte sie leicht zur Seite, so daß er ihr Gesicht sehen konnte. Dann nahm er ihr die Brille ab und legte sie auf den Tisch.

»Jetzt...«, sagte er.

Er schloß sie fest in die Arme, zog ihren Kopf heran und küßte sie. Der Kuß war zärtlich und warm. Er bewegte seine Lippen auf ihrem Mund, dann zog er eine Hand zurück und legte sie leicht auf ihre rechte Brust.

Sie lehnte sich gegen ihn und ihre Muskeln entspannten sich, sie schloß die Augen, ihr Atem ging schneller.

Der Kuß wurde leidenschaftlicher. Roy stieß mit der Zunge gegen ihre Zähne, und sie begann zu wimmern. Aber sie konnte sich nicht bewegen, und er ignorierte ihren sanften Protest, er ließ seine Hand auf der Brust liegen. Und ihre Hände streichelten seinen Rücken. Als seine Zunge noch tiefer in ihren Mund hineinglitt, bäumte sie sich auf. Sie ließ einen dumpfen Laut hören, nachdem sie ihre Lippen weggezogen hatte. »O Roy!«

Sie ließ ihre Hände nach unten fallen, sie ballte sie zu Fäusten, öffnete sie, ballte sie wieder und öffnete sie. »Ich kann es nicht aushalten.«

Er wußte, daß jetzt keine Zeit für Worte war, für Argumente oder für sonst etwas. Es war Zeit zu handeln. Er zog ihren Kopf wieder dicht zu sich heran und legte seinen Mund auf den ihren. Sie versuchte zu kämpfen, ihn wegzustoßen, aber er hielt ihre Handgelenke und folgte den Bewegungen ihres Kopfes.

Ihr Widerstand erlahmte und hörte auf, nur die leisen Seufzer und die Bewegungen ihres Kopfes blieben, als ihr Körper die ersten Zeichen von Lust zeigte. Schließlich löste er seine Lippen von ihrem Mund, und Katy sank hilflos mit geschlossenen Augen zurück. Langsam knöpfte Roy ihre braune Bluse auf, legte sie zurück und löste den Büstenhalter. Er hatte Katy etwas hochgehoben, und sie saß da wie ein hypnotisiertes Kaninchen, das auf den Angriff der Schlange wartet. Dann öffnete sie halb ihre Augen und beobachtete, wie er sie bis zur Taille entkleidete.

Roy bedeckte mit beiden Händen ihre prächtigen Brüste, die Perlen erigierten, wurden groß und steif, sehr groß und sehr steif. Sie stöhnte laut, als sein Mund über ihr volles Fleisch glitt. Ihre rechte Brust stieß in sein Gesicht, sie war warm, fest und doch nachgebend.

»Oh . . . oh . . .« Sie stammelte hilflos, als seine Lippen eine der Brustspitzen umfaßten und als die Zunge sie befeuchtete. Sie hob ihre Hüften, während er den Reißverschluß ihrer Skihose herunterzog, und schließlich rutschte die Hose über ihre Knöchel und fiel zu Boden. Sie schloß die Augen.

Roy stand auf und nahm sie mit hoch, half ihr auf; er zog sie an sich, ihre Körper berührten sich. Sie küßten sich, und dann lehnte sie ihren Kopf gegen seine Brust und sagte: »Ich möchte es gut machen. Sag' mir, was ich tun muß, Roy. Ich weiß es nicht. Es tut mir leid.«

»Ja, ich werde dir helfen. Hab' keine Angst! Mach' die Augen zu!«

Er zog das große Bett aus der Wand. Sie hörte, daß er es zurechtmachte und begann zu weinen.

»Hey, das ist Spaß und doch nicht das Ende der Welt! Ruhig, Katy, bitte sei ruhig!« Er drückte sie aufs Bett und streichelte sie zärtlich. Dann hörte er einen Augenblick lang auf und zog sich schnell aus. Er legte sich nackt neben sie, sein großes, steifes Kerlchen lag auf ihrem Oberschenkel.

Katy zitterte, sie wartete, sie hatte Angst, aber er wußte, daß sie ihn in voller Sehnsucht empfangen würde.

Er richtete sich etwas auf, um sie genauer zu betrachten. Sie war wunderschön; eine junge, etwas füllige Frau, mit großen Brüsten, einer schmalen Taille und einem breiten Becken. Unter ihrem kleinen Bäuchlein wuchs ein wundervoller roter Teppich aus gekräuseltem Haar. Er griff mit der Hand hinein und fuhr hin und her, und ihre Beine bewegten sich; sie stöhnte.

Und dann öffnete sie, wie unwillkürlich, ihre Schenkel. Sie zeigte ihm ihre ganze Fraulichkeit, die etwas dicken, blutdurchpulsten Liebeslippen, die Nässe, er legte die Hand darauf, sie öffnete ihre Schenkel noch weiter und sie begann zu stöhnen. Er ließ sie los.

Ihr Mund öffnete sich und schloß sich und öffnete sich wieder. Er legte sich mit dem ganzen Gewicht auf sie, vielleicht hatte sie das Gewicht eines Mannes noch niemals gespürt, aber sie sagte nichts. Seine Brust war auf ihren Brüsten, sein Roy lag vor dem Eingang ihrer Muschi, er glitt hinein, als müsse es so sein. Und sie empfing ihn mit einem tiefen Stöhnen.

Langsam bewegte er sich. Sein Süßer glitt hinein, er zog es zurück, er glitt wieder hinein, er zog es wieder zurück, und er tat es schneller und schneller, sein Atem verstärkte sich, sie stöhnte zuerst leise, dann immer lauter, er spürte, wie ihr Körper sich versteifte – da war er: der Orgasmus. Vielleicht war es der erste Orgasmus ihres Lebens, denn sie schüttelte sich, als könnte sie es nicht begreifen. Und in diesem Augenblick wurde sein Kerlchen noch größer, und sein Höhepunkt kam fast gleichzeitig mit dem ihren. Und als seine heiße Glut kam, schluckte sie, dann schrie sie noch einmal auf, sie empfing noch die nächsten Stöße, dann sank sie zurück.

»Roy ... oh, mein Liebling ...!« Sie schlug die Augen weit auf, und einen Moment lang starrte sie ihn an. Es war, als könne sie die neue Sensation, die ihr sein Körper geschenkt hatte, noch nicht richtig aufnehmen. Ja, er wußte, es war alles neu für sie. Sie hatte noch nie einen Orgasmus gehabt – oder höchstens einen, den sie selbst produziert hatte, mit den Fingern, mit irgendeinem Ersatz.

Ein paar Augenblicke vergingen. Roy war noch immer in ihr. Er wollte sich zurückziehen.

»Nein, beweg' dich nicht. Bitte, bleib bei mir, es ist wunderschön.« Über Katys Gesicht flog ein Lächeln und blieb. Es war ein Lächeln der Dankbarkeit und der tiefen Verwunderung. Verwunderung über das große Wunder, das die Lust ihr angetan hatte.

»Okay, noch eine Minute.« Roy mochte es nicht, die Perioden nach dem Orgasmus zu verlängern. Er sagte dann oft Dinge, die er später bereute. Oder die Mädchen bereuten es.

Sie seufzte und lächelte immer noch. »Ich kann dir nicht sagen ...«

»Ich weiß. Ich bin froh, daß es dir gefallen hat.«

»Gefallen! Ich hatte keine Ahnung, wie schön es sein kann, wie vollständig ...«

Roy wurde ärgerlich. Wenn sie so anfingen, er mochte es nicht ...

Katy schlang die Arme um ihn, als wollte sie ihn für immer halten. »Ich bin kein gewöhnliches Mädchen, Roy. Ich habe viele Pläne, was mein Leben angeht. Ich will nicht immer stellvertretende Managerin sein oder sogar Manager. Ich möchte einen Skiladen in Pasadena aufmachen. Ich habe viel Geld gespart. Ich bekomme jederzeit ein Darlehen und kann anfangen. Alles, was ich brauche, ist ... ist ein richtiger Mann. Jemand, der das Skifahren liebt, jemand der die Ausrüstung kennt, der Bescheid weiß, der mit den Leuten darüber reden kann. Jemanden wie dich, Roy.«

Es war ein Versuchsballon, ein Test, eine Probe, seine Emotionen herauszufinden.

Roy glitt von ihr, richtete sich auf, und sagte: »Ich mache keine langen Pläne. Das ist mir zu riskant.«

»Wie meinst du das?«

»Man könnte einen Fehler machen und sich deshalb das Genick brechen. Das kann jeden Tag passieren. Heute noch oder morgen. Irgend etwas passiert oft. Es zahlt sich nicht aus, soviel an die Zukunft zu denken.«

Katy war enttäuscht. »Aber du mußt einen Plan haben. Sonst ist das Leben doch sinnlos.«

»Es ist so oder so sinnlos!«

»Das ist nicht wahr, und du weißt es. Man muß etwas haben, wofür man lebt. Du kannst doch nicht einen Unfall oder irgendein Ereignis vorschieben. Das ist verrückt!«

Sie war ärgerlich. Rote Flecken zeichneten sich auf ihren Wangen ab.

Roy setzte sich ganz auf und griff nach seiner Hose. »Ich bin verrückt, gut. Aber ich bin nicht der Mann, den du zum Ehemann nehmen solltest.«

Ihr Ärger entlud sich. »Roy, kannst du denn nicht sehen, was du dir selbst antust? Warum bist du so? Was ist mit dir geschehen?«

Roy wollte sprechen, hielt an, aber dann sagte er: »Es tut mir leid, Katy. Das geht dich nichts an.«

»Ja, vielleicht hast du recht. Ich vermute, daß ich nur irgendein anderes Mädchen bin, das du eben einmal im Bett haben wolltest.«

»Das ist es nicht! Nein, das ist es nicht.« Er wurde langsam wütend, aber er zeigte es nicht. Sie versuchten es alle so. Er griff nach seinem Hemd und zog dann die Socken an. Auch Katy zog sich schweigend an.

Er fragte: »Wieviel Uhr ist es?« Dann erinnerte er sich an die Uhr auf dem Bücherregal. »Ich muß gehen. Ich hatte noch keinen Lunch.«

Roy zog sich ganz an und wartete, bis sie ihre Bluse zugeknöpft und ihre Skihose angezogen hatte. Er ging zur Tür. »Ich werde besser allein gehen.«

Ehe Katy etwas sagen konnte, klopfte es. Sie schauten einander an. Sie warf schnell einen Blick in den Spiegel und ging dann zur Tür.

»Susan!«

»Hey, Katy. Hast du vergessen, daß ich komme?« Roy sah einen Teenager, der Katy sehr ähnlich sah. Susan war groß, sie mochte etwa achtzehn sein; sie hatte rötlich-blondes Haar, war schlank und hatte die gleiche überentwickelte Brust, die anscheinend wirklich in der Familie erblich war.

Katy schien einen Augenblick sprachlos zu sein, dann stammelte sie: »Nein. Ich muß das irgendwie verwechselt haben. Natürlich wußte ich es...«

Susan starrte Roy an. Sie alle starrten ihn so an.

Katys Zunge fuhr über ihre Lippen. »Susan, das ist Roy Chrysler. Roy, das ist meine Schwester Susan.«

»Hey, Roy.«

»Hey, Susy. Was bringt Sie denn in die Berge herauf?«

Sie schien durch seine Aufmerksamkeit geschmeichelt. »Oh, ich komme fast jeden Sonntag hierher, um Katy zu besuchen. Dann fahren wir für zwei Tage nach Pasadena, denn sie hat ja montags und dienstags einmal im Monat frei.«

»Laufen Sie Ski?«

»Nicht sehr gut. Ich lerne. Ich kann wirklich noch nicht viel.« Sie grinste, und Roy grinste zurück. Er war fast versucht ihr zu sagen, er könne ihr ein paar Tricks beibringen. Das war vielleicht alles, was sie brauchte. Und Katy würde ihn später stellen und sagen: »Du magst Susan! Du hast sie wie Schinken und Eier genommen. Sie liebt dich. Aber mir soll es egal sein. Wichtig ist nur, daß wir beide heiraten.«

Ja, das würde sie vielleicht sagen. Susan kam ins Zimmer und sah auf das Bett. Katy wurde wieder rot und sagte: »Warum gehst du nicht runter in den Kaffeeladen und holst dir etwas?«

Einen Augenblick lang schien Susan leicht schockiert. Sie schaute neugierig auf Katy und Roy; sie hatte schöne braune Augen.

Roy schaute zurück, als er sich daran erinnerte, wie es eben mit Katy gewesen war; er fragte sich, wie es wohl mit Susan sein würde.

Es war die automatische Spekulation eines Mannes, der ein nettes junges Mädchen vor sich sieht. Roy konnte nicht widerstehen. Susan hatte eine wunderschöne Haut und ihre Beine waren lang und gut geformt. Ihre Brüste schienen fast aus dem Pulli herauszuwollen, so prall waren sie voll jugendlichen Lebens.

Susan schien seine Gedanken zu lesen. Ohne Zweifel kannte sie das Geheimnis um die schönen Dinge, die Mann und Frau miteinander tun. Sie biß sich auf die Lippen und schaute zu Boden. Roy sagte: »Ich muß gehen. Bis später, Susy.«

»Auf Wiedersehen ... Roy.« Katy sagte: »Entschuldige mich, Susan.« Sie folgte Roy auf den Flur und schloß die Tür.

»Ich bin froh, daß du sie magst.«

»Sie sieht dir sehr ähnlich.«

»Ich werde Mittwoch morgen wieder hier sein.« Sie legte ihre Hand auf seine Brust. »Es tut mir leid, daß wir uns gestritten haben. Werden wir uns Mittwoch sehen?«

»Ich denke doch.« Roy hätte am liebsten nein gesagt, denn Katy wollte unbedingt einen Ehemann haben. Sie wollte ihn als Ehemann haben. Aber er ließ sich nicht einfangen. Er wollte keine Frau haben, die eine minderjährige Schwester hatte; er wollte kein Geschäft haben, keine Schulden. Er wollte seine Freiheit nicht aufgeben. Er wollte allein skifahren und frei sein. Nein, niemand sollte ihn einfangen.

Niemand!

6

Der folgende Dienstag war schon ein verdrehter Tag. Es war kalt und begann zu schneien. Roy stand oben vor der schwierigen Tiger-Claw-Abfahrt.

Die Sicht war schlecht. Er war allein, aber das gefiel ihm. Links hinter ihm sah er die Seilbahnstation. Und vor ihm lag die gefährliche Piste, auf die sich nur geübte Skifahrer wagten. Und bei einem Wetter wie diesem ...

Er mochte dieses Gefühl vor einem Wagnis. Dieses etwas erregende Warten auf das, was geschehen wird. Gerade das macht das Leben lebenswert! Er hörte, daß sich jemand auf Skiern näherte. Es war ein Mitglied der Skiwacht. Roy bemerkte den abschätzenden Blick auf seine Ausrüstung. Der Mann sagte: »Kennen Sie die Fallinie dieser Abfahrt?«

»Ich bin sie schon ein paarmal gefahren.«

»Es sind eine Menge schwieriger Stellen drin. Sie sollten vielleicht noch eine halbe Stunde auf besseres Wetter warten.« Er sah in den fallenden Schnee.

»Ich weiß, wie man eine vereiste Piste zu nehmen hat!« Roy wandte sich ab und machte sich bereit.

»Einen Augenblick noch. Ich werde mit Ihnen hinunterfahren.«

Roy sah rot. »Verdammt noch mal, Sie werden es nicht tun, ich brauche keinen Babysitter. Wenn Sie mit mir runterfahren, werden Sie bald allein sein. Ich bin nicht hergekommen, um im Schneepflug hinunterzukutschieren . . .«

Der Mann lächelte und zog die Brille hoch. »Okay, werden Sie nur nicht gleich sauer. Sie müssen der Bursche sein, der im Skiladen arbeitet . . . Der mysteriöse Fremde, der immer allein Ski fährt . . . der Experte für schwierige Abfahrten.«

»So?«

»Ich möchte sie gern kennenlernen. Ich bin Jim Lynch. Ich bin der Chef der Bergwacht. Con Meyer hat mir von Ihnen erzählt.«

Roy erinnerte sich an den anderen Professional, der sich ihm genähert hatte. »Ich bin nicht interessiert.«

»Woran? Worin?«

»An allem, was Sie anzubieten haben. Ich laufe allein Ski, weil es mir gefällt. Ich arbeite in einem Skiladen, weil ich mich nicht den anderen anschließen möchte, die auf den Idiotenhügeln herumschlittern.«

»Okay. Ich kann Sie deswegen nicht tadeln. Und es gibt Leute, die sich nicht dazu eignen, Lehrer zu sein.«

»Danke. Das ist nett von Ihnen. Was würde ich bloß tun, wenn mir die Leute niemals erlauben würden, das zu tun, was ich möchte?«

»Sie sind ziemlich verbittert, nicht wahr?«

»Ja! Und ich habe die Burschen satt, die mich immer anquatschen; sie denken vielleicht, weil ich skifahren kann, ich schulde irgendeinem etwas.«

»Nein, so ist es nicht. Aber wirklich gute Skiläufer sind überall selten.

Ich erkenne einen guten Skifahrer sofort. Es wäre prima, wenn Sie sich an einigen Wochenendrennen beteiligen würden.«

»Ich bin nicht an solchen Rennen interessiert. Ich laufe Ski. Mehr tu' ich nicht.«

Lynch zuckte mit den Schultern. »Wie es Ihnen gefällt. Das ist Ihre Sache. Aber es würde uns eine Menge helfen, wenn Sie sich unserer Skipatrouille anschließen würden. Wir brauchen gute Skifahrer. Wir helfen anderen Leuten. Wir tun das freiwillig, es gibt keine Bezahlung dafür.«

»Ja. Immer die gleiche Sache. Helft den Leuten – sie brauchen euch. Weil ich vielleicht ein guter Skifahrer bin, bin ich automatisch verpflichtet, stupiden Arschlöchern zu helfen, die keine Ahnung vom Skifahren haben und es lieber lassen sollten. Ich muß mit meiner Zeit und mit meiner Geschicklichkeit für ihre Dummheit bezahlen! Nein, besten Dank!«

»Sie lassen sie lieber umkommen, ja?«

»Ja! Ich lasse sie umkommen! Ich schulde niemandem etwas. Ich frage nicht oder ich bettle nicht um Dinge, die mich nichts angehen. Ich tue andere Dinge, weil ich glaube, daß sie mir gefallen. Ich lasse die Leute allein und ich erwarte, daß sie mich auch allein lassen.«

Roy starrte den Bergwachtmann an. »Aber ich glaube, das ist schon zuviel verlangt.«

»Sie kümmern sich wirklich um niemanden, nicht wahr?«

»Genau. Aber um einen doch, nämlich um mich. Und ich habe ein paar Leute getroffen, die mir gefielen, und die ich bewundere. Oder achte. Aber es gibt verdammt wenige Leute, die das wert sind.«

»Glauben Sie nicht, daß Sie Ihren Individualismus zu weit treiben?«

»Glauben Sie nicht, daß Sie mich endlich in Ruhe lassen sollten?«

Die beiden Männer starrten einander an. Roy drehte sich um

und glitt in die Spur. Eine Sekunde später hörte er, daß Lynch ihm folgte. Die Oberfläche der Strecke war hart wie Zement und an manchen Stellen vereist.

Roy lächelte, als er den Wind spürte und erhöhte die Geschwindigkeit. Er ließ die Hände mit den Stöcken sinken und beugte die Knie. Er verlagerte sein Gewicht, und die Ski glitten blitzschnell über das Eis. Der fallende Schnee war eine kleine Hilfe. Er veränderte die Richtung, bog nach links und merkte, daß Lynch dicht hinter ihm war. Die Fallinie war hier sehr gefährlich.

Ein paar Augenblicke lang waren sie durch eine Wolke gefahren, sie ließen sie nun auf dem Berg zurück. Die Sicht wurde ausgezeichnet. Roy sah tief unten das Dach der Lodge, als er nach rechts bog. Lynch war fast zu schnell, zu schnell für diese Piste. Plötzlich bog Roy nach rechts ab, Lynch wartete zu lange. Er versuchte zu folgen, aber er schoß an Roy vorbei, geradeaus, während Roy nun auf der richtigen Abfahrtsstrecke war. Er sah, wie Lynch mit dem Eis kämpfte und wie er die Kontrolle verlor. Die Skier des Bergwachtmannes glitten unter ihm nach vorn; er fiel.

Roy beobachtete ihn, er lachte vor sich hin, aber er hielt nicht an.

Als er am Ende der Bahn, nahe der Lodge war, sah er kleine Gruppen von Leuten, die ihn beobachtet hatten. Er runzelte die Stirn; er wollte keine Zeugen bei seinen Fahrten. Sie lachten. Es war ein großer Spaß, daß ein Unbekannter einen Profi geschlagen hatte. Roy sah den Berg hinauf. Lynch fuhr langsam und vorsichtig herunter.

Vor dem Skiladen reinigte Roy seine Skier, stellte sie im Laden in das Regal zurück und wollte gerade in die Küche gehen um sich eine Tasse Kaffee zu besorgen, als Elli hereinkam.

»Hey, ich habe Sie und Jim Lynch den Berg herunterkommen sehen. Es war eine großartige Sache.«

»Was meinen Sie, Sie haben es gesehen? Wie kam das?«

»Ach, eine Menge Leute haben es gesehen. Lynch wußte doch, daß Sie oben waren. Er erzählte es jedem und er sagte, er würde Sie schlagen. Er schien wenig Respekt vor Ihnen zu haben ...«

Roy knurrte etwas vor sich hin.

»Dafür wird er jetzt um so mehr Respekt haben.«

»Ich glaube es. Ich forderte ihn nicht zu dem Rennen heraus. Ich wollte überhaupt nichts mit ihm zu tun haben.«

»Ja, aber jetzt kennt er Sie. Er wird Ihr Feind sein.«

»Ach was! Und wenn schon. Ich hoffe, es macht ihm Spaß. Ich kümmere mich einen Dreck darum!«

Eli lächelte. »Sie sollten mal die Geschichten hören, die er über Sie erzählt. Jetzt wird man noch mehr erzählen.«

»Sie interessieren mich nicht.« Roy sah auf die große elektrische Uhr an der Wand. Es war 12 Uhr 30. Er hatte noch anderthalb Stunden Zeit, bevor er in den Laden zurückkehren mußte, um seine zwei Stunden am Nachmittag abzuleisten. Er ging zu den Türen der Vorhalle. »Ich hole mir etwas zu essen. Bis um 2.«

In der Küche wählte er etwas aus und ging an einen der Tische. Er hatte Bratkartoffeln, Schinken und Ei auf dem Teller. Warum ließen ihn die Leute bloß nicht allein! Sie schienen alle verrückt zu werden, wenn sie bemerkten, daß es jemanden gab, der sich nicht um sie kümmerte. Roy merkte erst, daß jemand an den Tisch kam, als eine Colaflasche hingestellt wurde.

»Sie werden nicht raten, wo Hank jetzt ist.«

»Mhm?« Roy schaute auf. Helen saß ihm gegenüber und zündete sich eine Zigarette an. Er fragte: »Was ist mit Hank?«

»Er ist in Los Angeles. Er hat seinen freien Tag.« Ihre Worte waren bedeutungsvoll.

Roy sah ihr in die Augen und er sah die Lust. Er wußte, was sie wollte. Er wollte es auch. Er brauchte Zerstreuung, er brauchte andere Gedanken. Er wollte eine Weile über sich nicht nachdenken müssen.

»Okay«, sagte er. »Wann und wo?«

»Ich weiß ein Plätzchen. Können Sie eine Wolldecke mitbringen?«

»Ich denke schon.«

»Ich habe jetzt nicht viel Zeit. Ich mache nur eine kurze Pause. Aber wir können uns in der Lobby treffen, wenn Sie heute abend Ihre Arbeit im Lair fertig haben. Und bringen Sie die Decke mit.«

»Wo gehen wir hin?«

»Ich werde es Ihnen schon zeigen. Es ist in Ordnung.« Sie trank die Cola aus und stand auf. Sie blinzelte und lächelte. »Bis später, Roy.«

Er nickte und machte sich wieder an sein Essen. Er dachte nicht mehr an Helen. Sie war nicht wichtig.

An diesem Abend, etwas nach 10, trat er in die Vorhalle und sah Helen, die neben einem Kamin saß. Sie trug ein enganliegendes gelbes Wollkleid. Ihre bloßen Füße steckten in Lederslippers. Das flackernde Feuer warf sein gelbes Licht über die Gesichter der Leute, die in den Sesseln und auf den Couches saßen. Roy klopfte ihr auf die Schulter.

Sie sah auf. »Haben Sie eine Wolldecke?«

»Ja ... unter meiner Jacke.« Er zeigte sie ihr. Das Feuer im Kamin ließ ihre Augen leuchten. Sie sah zu ihm auf, sie sah ihn genau an. »Wir werden eine Menge Spaß haben, Roy.«

Er war fast ein bißchen gelangweilt. »Wo?«

Sie stand auf und führte ihn zu der hinteren Treppe. Als sie hinaufgingen, sagte sie: »Wir haben eine Art Sonnendeck oben auf dem Dach, hinter dem Lair, es wird meistens im Frühjahr oder im Sommer benutzt, wenn wir eine Menge Sonne dort haben.«

»Ach so.«

Sie stiegen weiter die Treppe hoch. Oben öffnete Helen eine Tür, die Roy bisher noch nicht gesehen hatte. Sie betraten einen schmalen kleinen Raum, in dem sich wie ihm schien, Kabinen befanden. Das Licht, das durch die Oberfenster hereinkam, erleuchtete den Platz nicht sehr.

Helen suchte an der Wand, bis sie einen Lichtschalter gefunden hatte. Auch bei diesem Licht war wenig zu sehen. Roy öffnete die Tür zu einer der Kabinen. Er sah einen kleinen Schrank und eine hölzerne Bank.

Helen sagte: »Das sind Sonnenkabinen, in denen sich die Leute auch ausruhen können. Dann legen wir Matratzen auf diese Holzbänke.«

Roy nickte. »Hoffentlich ist es nicht zu rauh für meine Knie.«

Helen schlug ihm mit der flachen Hand auf seinen Leib. »Keine Bange. Es gibt verschiedene Stellungen.«

»Ich wette, du kennst sie alle.«

»Es könnte sein...« Sie schloß die Tür und drehte das Licht aus.

Roy breitete die Wolldecke auf einer Bank aus. Er setzte sich und begann seine Hose auszuziehen. Augenscheinlich interessierte sie der Sex, nur um des Sexes willen; sie wollte befriedigt werden, alles andere kümmerte sie nicht. Helen wollte etwas von ihm haben. Sie wollte ihm nichts geben. Nun, er wollte etwas von ihr haben. Es war ein faires Geschäft.

Sie zog sich aus, sie ließ ihre Slipper auf den Boden fallen, sie streifte das Wollkleid über den Kopf und er sah, daß sie darunter nichts anhatte. Er sah, daß sie eine ausgezeichnete Figur hatte, als sie nackt vor ihm stand. sie hatte gute, feste Brüste. Gut zum Streicheln.

Sie legte die Hand auf ihre Hüften. »Wie gefalle ich dir?«

Roy nickte langsam. »Du bist prima.« Er merkte erst jetzt, wie klein und schlank sie war. Bei der Arbeit trug sie meistens hochhackige Schuhe und die grüne Uniform. Das alles machte sie größer und breiter. Nun sah er, daß sie schmale, jugendliche Hüften hatte. Ihre Brüste waren wirklich gut: sie waren aufgerichtet und stolz, voll und fest.

Sie kam zu ihm. Ihre Hand griff nach seinem Schnicki, der mächtig aus dem Haarbusch zwischen seinen Schenkeln hervorsah. »Wir werden viel Spaß haben.«

»Okay. Du wolltest es ja so.« Die Bank war hart, aber schließlich lag er auf ihr. Helen übernahm die Initiative, sie wollte kein großes Vorspiel, sie wollte ganz einfach befriedigt werden.

Einen Augenblick lang zog sie seinen Mund auf ihre Lippen, dann ließ sie ihn wieder los. Sie umklammerte ihn und drückte ihn fest auf sich, damit er mit dem Mund auf ihren Brüsten lag. Sie stöhnte, Als er den Nippel in seinen Mund nahm. Dann flüsterte sie: »Laß mich...« Sie drehte ihn auf den Rücken. Er sah, wie sie über ihm hockte. Ihr Gesicht leuchtete, obwohl die Kabine ziemlich dunkel war, ihre Brüste schwangen. Sie senkte sich auf ihn herab. Sie hatte die Hand an seinem Süßen, er brauchte nichts zu tun. Sein Boy war in dem schmalen Etui, und sie ließ sich ganz auf ihn herunter. Sie bewegte sich, sie stöhnte.

Sie erinnerte ihn an eine Katze, die er einmal gesehen hatte. Das Tier war von einem Dach auf einen Eisenzaun gefallen. Es winselte, es schrie, es bewegte sich, und jede Bewegung trieb das Kerlchen tiefer in den Körper.

Nun war er ganz in ihr, und es ging sehr schnell. Ihr Orgasmus kam, er ließ sich gehen, die Flut schoß in ihren Körper. Das war alles.

Sie hatte ihren Spaß gewollt, sie hatte ihren Spaß gehabt.

Er lag auf seinem Bett im Schlafsaal. In einer Ecke schnarchte jemand. Zigarettenrauch lag in der Luft. Er konnte nicht schlafen. Vielleicht hätte er sich, nachdem er von Helen weggegangen war, einfach aufs Bett werfen sollen, aber er hatte Sehnsucht nach Wasser gehabt, nach viel Wasser.

Es war heiß und dann kalt gewesen – dafür lag er nun wach.

Der Rauch tat ihm in den Augen weh. Meistens war er so müde, daß er ihn nicht wahrnahm. Katy fiel ihm ein – Katy!

Katy kam wahrscheinlich dienstags in der Nacht, um am anderen Morgen, wenn sie wieder arbeiten mußte, ausgeruht zu sein.

Ob sie schon in der Lodge war?

Er glitt aus dem Bett, zog sich leise an und verließ den Schlafraum. Er wußte, daß auch hier in der Nähe ein Wäschezimmer war. Sicherlich war dort ein Telefon.

Er schlich hin. Ja. Er nahm den Hörer ab und bat mit verstellter Stimme den Mann unten in der Lobby um Vermittlung. Hoffentlich konnte er nicht mithören.

Es dauerte eine Weile, bis er Katys Stimme hörte. Frösteln überlief ihn. Helen hatte ihm nichts gegeben – sie hatte nur genommen.

Es war wie auf dem Scheitelpunkt eines Gipfels, wenn er die Piste zu Tal fallen sah – die Erregung vor dem Wagnis, dem Abenteuer, der Erlösung.

Sie war vor einer halben Stunde gekommen und hatte schon geschlafen, aber er hörte, daß ihre Stimme glücklich klang.

Und wenige Minuten später schlich er durch das Haus, in dem die meisten schliefen, zu ihr.

Er kratzte an der Tür.

Sie öffnete.

Und als er eintrat, fiel sie ihm um den Hals, es war unglaublich, mit welcher Intensität sie dieses Wiedersehen nach so kurzer Zeit feierte.

Röte und Zärtlichkeit lagen auf ihrem Gesicht.

»Ich ... ich freue mich so ... o Roy!« stammelte sie.

Sie trug nur ein ganz dünnes Nachthemd, er sah ihre Brüste, die Haare über den Schenkeln, ihren wundervollen Körper, und jeder Gedanke an Helen verflog.

Mit einem Griff streifte er ihr Hemd über ihre roten Haare; er konnte es nicht erwarten, seine Hände in dem herrlichen Fleisch zu vergraben, in der Fülle ihrer Brüste, die noch so schlafwarm waren.

Sie sprachen nicht viel.

Sie erzählte nicht von zu Hause – sie hatten andere Dinge zu tun.

Es war merkwürdig, wie sehr sie sich verändert hatte. Keine Scham störte ihn mehr, keine Abwehr. Sie hatte sich ihm hingegeben, sie hatte das Wunder des Orgasmus erlebt, sein Dickerchen in sich gespürt, ganz bewußt, und er war sicher, daß sie immer bereit sein würde, wenn er sie haben wollte.

Wie jetzt.

Sie legte sich flach auf den Rücken und öffnete die herrlichen runden Schenkel, und unter dem gekräuselten roten Teppich sah er die Liebeslippen, prall, schön und feucht.

Er war schnell ausgezogen.

Katy starrte auf die blaurote Kuppe, aber es war nicht wie beim erstenmal. Sie hatte keine Angst mehr. Sie wußte, daß er ihr keine Schmerzen bereiten würde – nur Lust, unglaubliche Lust.

Sie streckte ihre Arme aus und sagte: »Komm, Roy!« Ihre Stimme war heiser. Sie war bereit, aber er wollte ihr mehr geben als nur seinen Samen. Er wußte nicht, ob sie sich vorsah, aber er vermutete es.

Roy legte sich neben sie, und sie wandte sich ihm zu. Ihre linke Brust lag auf dem Bettuch, aber die rechte stand aus ihrem Körper. Sie hatte sich ein wenig gesenkt, und es war, als schaute ein großes rotes Auge ihn an.

Seltsam, daß sie das Licht nicht löschte!

Er griff mit seiner linken Hand nach unten und fuhr mit den Fingern durch die gekräuselten Haare. Sie begann zu zittern. Sie hatte eine Hand unter dem Körper, die andere lag auf ihrem Oberschenkel.

»Faß ihn an!« sagte er.

Sie sah auf, sah in seine Augen und lächelte. Ganz langsam tastete sich ihre Hand zwischen die beiden Körper . . .

»Du mußt es mich lehren . . .«, flüsterte sie.

»Ja, Katy!«

Dann griff sie nach seinem Süßen. Sehr zaghaft fuhr sie mit dem Zeigefinger über die Samthaut, unter der sich die dicke Vene abzeichnete.

»Du mußt die Haut weiter zurückschieben!«

Sie runzelte die Stirn, als ob sie nachdächte. Dann spreizte sie Daumen und Zeigefinger und berührte mit den Fingerspitzen sein Glied fester und dichter unter der Eichel. Ganz vorsichtig schob sie die Haut nach unten und sah, wie der Kopf aus dem schützenden Mantel herauskam und groß wurde.

»Das ist es«, sagte sie.

»Ja, das ist es«, wiederholte Roy lächelnd, während zwei Finger seiner Hand in den Kanal glitten, der sich ihm darbot, nachdem sie das rechte Bein hochgehoben und den Fuß gegen die Wand gepreßt hatte.

»Küß mich jetzt!« bat Katy.

Die Hände lösten sich, sie legte sich auf den Rücken und wartete auf ihn.

Aber Roy, der sich aufgesetzt hatte, schüttelte den Kopf.

»Nicht so, Katy«, sagte er.

Sie sah ihn erstaunt an.

Er rutschte ans Fußende.

»Keine Angst – es wird nur schön sein . . .«

Er konnte es nicht mehr erwarten, er mußte alles von ihr nehmen, was sie ihm geben konnte, jetzt noch zitternd und voller Unschuld, weil sie nicht wußte, was sie anzubieten hatte.

Er glitt über ihre Beine und senkte den Kopf. Und Katy schrie auf. Sie griff erschreckt mit ihren Händen in sein kurzes Haar, aber sie machte ihre Beine auseinander und empfing seine Lippen in ihrem Schoß. Und Roy hatte das winzige Etwas noch nicht zwischen seinen Lippen, als die Berührung ihrer Klitoris auch schon den Orgasmus auslöste. Und es war so stark, so wild, daß sie sich aufbäumte, aufschrie, sich schüttelte, die Hände aus seinen Haaren löste und über dem eigenen Kopf zusammenschlug, immer und immer wieder.

Roy hatte sich aufgerichtet. Er wußte, daß jede weitere Berührung Qual für sie sein würde. Sie mußte mit diesem Erlebnis fertigwerden.

»Roy! O Roy!«

»Ja, Katy«, sagte er.

Er wußte, was in ihr vorging. Sie verdiente dieses herrliche Gefühl. Er würde schon zu seinem Recht kommen.

Während sie mit geschlossenen Augen dalag und schwer atmend mit sich geschehen ließ, was seine Lippen ausgelöst hatten, betrachtete er ihren herrlichen Körper. Die Brüste, die roten Haare zwischen und über den Schenkeln, die roten Lippen, die nun ein wenig geöffnet waren.

Er legte ganz zärtlich seine Hand darauf. Sie schien es nicht zu spüren. Sie war noch dabei, die Lust nachzuempfinden, die plötzlich ihrem Körper eine ganz neue Funktion zuwies, die des Erlebens zwischen Mann und Frau in der allerengsten Berührung. Sicher, dachte Roy, während er die Augen nicht von ihr abwenden konnte, ist alles neu und schön für sie. Er wünschte ihr, daß sie einmal einen Mann heiraten würde, der ihr dies alles gab.

Katy schlug die Augen auf. Sie suchte sein Gesicht und sah ihn offen an.

»Roy«, sagte sie. »Ich sollte böse sein, aber ich kann es nicht. Was hast du aus mir gemacht?«

Sie tastete mit der rechten Hand seinen Körper entlang. Er nahm die Hand und legte sie auf sein kleingewordenes Kerlchen.

»Oh!« sagte sie erstaunt und richtete sich etwas auf.

Er lachte.

»Es wird wieder ...«, erklärte er, immer noch lachend.

Sie schüttelte den Kopf. »Und er war so groß!«

Plötzlich kam Röte auf ihre Wangen.

»Und – und du?« fragte sie.

Roy legte seine Hand auf die Lippen. »Pst! Gleich!«

Sie zitterte wieder. Er hatte ›gleich‹ gesagt, und sie wußte nun, was es bedeutete. Sie hatte die höchste Lust erlebt und sie sollte sie wieder erleben. Immer wieder.

Irgendwo draußen, unter dem Fenster, lachte eine Frau. Katy zuckte zusammen, unwillkürlich nahm sie die Hand von seinem Süßen, dann lachte sie.

»Laß liegen«, bat Roy.

»Du wirst groß ...«, flüsterte sie und drückte stärker.

Und sie erlebte staunend, wie sich das Glied mit Blut füllte, wie es größer und größer wurde, wie es so hart wurde, daß sie mit Daumen und Zeigefinger immer fester zupacken konnte. Und sie sah mit etwas erhobenem Kopf die Eichel aus der Haut gleiten.

»Roy, o Roy, wie ist das alles ...«

Sie schluckte.

»Du mußt mir wirklich alles zeigen. Ja?«

»Ja, aber nicht heute. Wir haben noch viele Abende und Nächte vor uns ...«

»Noch sehr viele.«

Hoffentlich fängt sie nicht wieder an, in mir einen Ehemann zu sehen, dachte er plötzlich verärgert.

»Komm!« sagte er.

Er half ihr hoch und drehte sie auf den Bauch, dann umfaßte er mit beiden Händen ihre Hüften und zog sie hoch, bis sie auf den Knien und Ellbogen lag. Ihre unglaublichen Brüste pendelten.

»Bleib' so«, sagte Roy. Er kniete sich hinter Katy, öffnete ihre Schenkeln ein wenig und dann suchte sein Süßer den Weg in die feuchte Öffnung. Er glitt tief, sehr tief in sie hinein, und schon begann Katy, sich zu bewegen; sie suchten den Rhythmus und fanden ihn. Katy stöhnte, schluchzte und juchzte schließlich. Und Roy zögerte seinen Orgasmus hinaus, bis es ihr kam, und sie kamen gleichzeitig, und nach wenigen Sekunden ließ sich Katy einfach auf den Bauch fallen. Roys Roy rutschte heraus; er richtete sich auf den Knien etwas auf und legte beide Hände auf die warmen, weichen, nun so entspannten Pobacken des Mädchens, das seine Vorgesetzte war.

Sie sagten beide kein Wort.

Katys Seufzen war stiller geworden, aber sie schien sich noch immer nicht beruhigt zu haben. Roy zog sich schnell an.

Er küßte sie und ging leise hinaus.

Nun mußte sie allein damit fertigwerden – wie vorhin.

Es ist schön zu wissen, wo man hingehört, dachte Roy auf dem Flur. Aber er verzog das Gesicht, als ihm bewußt wurde, was das bedeutete. So nicht, überlegte er, nein, so nicht.

Sie durfte nie mehr für ihn sein als ein Platz, an dem man sich ausruhen konnte. Und an dem man – verdammt, dachte er! Warum nicht Helen oder Moona oder – es gab viele Schöße auf der Welt und viele Brüste, die man streicheln konnte.

Viele Frauen!

Katy war nur eine davon ...

7

Am nächsten Tag war Katy wieder im Büro. Sie kam in die Küche, sah Roy, der gerade eine Tasse Kaffee trank, sagte ›Hallo‹ zu Jean und kam dann an seinen Tisch.

»Mr. Chrysler, würden Sie sich bitte in fünf Minuten in meinem Büro melden?«

Roy war überrascht. »Sicher.« Sie sah nicht anders aus als sonst, aber als sie ihn verließ, fragte er sich, ob sie vielleicht gehört hatte, was zwischen ihm und Helen vorgegangen war. Nein, das kann das nicht gewesen sein!

Roy trank einen Kaffee und verließ die Küche. Er ging zu Katys Büro. Er klopft an, und sie rief ›Herein‹.

Er trat ein und blieb an der Tür stehen. Ein warmes Lächeln war auf ihrem Gesicht. »Hey. Ich habe dich so vermißt.«

Roy wußte, daß sie etwas Ähnliches von ihm erwartete. Nun, warum nicht? Er hatte sie auch ein bißchen vermißt. »Ich auch.«

Sie trat hinter dem Pult hervor, ging auf ihn zu und küßte ihn. Dann sagte sie: »Ich weiß, daß das gefährlich war, aber ich konnte mir nicht helfen.«

Roy setzte sich in den Stuhl vor ihrem Schreibtisch. Sie hatte sich in ihn verliebt. Das gefiel ihm gar nicht.

Auch sie setzte sich und lehnte sich nach vorn. »Ich habe über uns beide in den letzten zwei Tagen nachgedacht.«

»Oh?«

»Ich habe mich entschlossen, Skilaufen zulernen. Ich denke, es wird mir guttun, und ich kann dich dann begleiten . . .«

Roy fühlte Ärger in sich aufsteigen. Er wollte seine Einsamkeit und seine Freiheit auf den Hügeln nicht mit jemandem teilen . . . mit keinem einzigen Menschen . . . Nicht mit einem blutigen Anfänger, der hinter ihm hertapsen würde und auf den man ständig aufpassen mußte.

Katy mißverstand den Ausdruck auf seinem Gesicht. »In der Woche kann ich mich manchmal freimachen. Da ist in der Lodge oft nicht viel zu tun. Es wäre schön, wenn du es mich lehren würdest, Roy. Ich weiß, daß ich es bei dir am schnellsten erlernen werde. Du bist der beste Skilehrer hier.«

Roy wand sich unbehaglich auf seinem Sitz. »Ich habe noch niemals jemandem Unterricht gegeben. Ich denke, ich kann das gar nicht gut. Ein richtiger Lehrer könnte –«

»Aber ich will dich, Roy! Ich werde dir nicht viel Mühe machen.«

Er sah in ihre weichen bittenden braunen Augen und konnte ihr nicht weh tun. »Okay. Ich werde dir einige Stunden geben, aber du darfst keine Wunder erwarten. Und erwarte auch nicht, mit mir laufen zu dürfen. Man braucht Jahre, um diesen Sport wirklich betreiben zu können.«

»Oh, ich weiß. Ich erwarte natürlich nicht, daß du mich zum Claw Summit mitnimmst. Aber ich denke, wir könnten auf irgendeinen kleinen Hang gehen, damit ich die Anfangsgründe erlernen kann.«

Roy schwieg. Die leichten Hänge . . . Wo die Leute sich bemühten, ein paar Meter weit zu gleiten . . . Wo es keinen Platz für Geschwindigkeit gab, wo einem jeden Augenblick jemand vor die Füße kam. Jemand, der sich nicht kontrollieren konnte und der plötzlich im Schnee lag.

Roy war wirklich verärgert. Was zum Teufel war in ihr vorgegangen? Und was ging in ihm vor? Warum konnte er Katy nicht die Wahrheit sagen?

Er sagte: »Wann möchtest du anfangen?«

»Warum nicht jetzt? Wir haben eine Stunde, bevor du in den Laden zurück mußt. Laß uns Skier holen, und du kannst mich lehren, wie ich hinfalle und wieder aufstehe. Ich weiß, daß das sehr wichtig ist.« Sie lachte aufgeregt; sie war ein glückliches kleines Mädchen.

Roy stand auf. »Okay.«

Während sie zusammen in den Skiladen gingen, schwieg er. Warum war er nur schwach geworden? Waren es ihre Augen? War es ihr Körper? Oder war es dieser Blick von Dankbarkeit und Hochachtung in ihren Augen? Roy fühlte, daß ihre Hand ihn zufällig berührte, und er wußte, daß sie seine Hand gerne in die ihre nehmen wollte, aber daß sie es nicht wagte. Nicht in der Lobby! Aber ein unsichtbares Netz schien sie zu verbinden. Im Skiladen stellte er ihre Ausrüstung zusammen; er beobachtete, daß Eli und die beiden jungen Leute Blicke tauschten.

Draußen, auf dem Snow Bunny Hill, fühlte er sich gedemütigt. Er gehörte nicht hierher.

Katy folgte kühn seinem Beispiel, als er seine Stiefel auf die Bindung stellte und die Bindung schloß. Sie setzte sich auf eine Bank und fror. »Ich konnte mir nicht vorstellen, daß es heute so kalt ist.«

»Es ist nicht kalt! Du bist es nur nicht gewöhnt.«

»Ich glaube, es ist doch kalt. Was muß ich jetzt tun?«

Roy entfernte sich ein paar Meter von ihr. »Nun komm mir nach.«

Sie stand auf und verlor fast augenblicklich ihr Gleichgewicht. Die Ski glitten unter ihr davon, sie konnte nichts dagegen tun. Roy fing sie auf. »Wenn du fällst, mußt du rückwärts auf eine Hüfte fallen. Möglichst weit von den Skiern weg.«

»Das sagt man so leicht.«

»Halte die Knie fest zusammen! Dann schwingst du mit beiden Skiern nach links oder nach rechts. Deine Füße müssen immer genau unter dir sein. Nimm die Stöcke, um dich vorwärts zu stoßen.«

Katy schaute ein bißchen verzweifelt aus. »Du solltest es mir besser zeigen.«

»Nein, du mußt üben.« Er stieß sie an. Katy schrie auf und fiel hin.

»Das war nicht fair.«

»Na los doch, erinnere dich daran, was ich dir sagte!«

»Ich habe es schon wieder vergessen.«

Roy seufzte und wiederholte seine Worte. Sie wollte es gezeigt haben. Er zeigte es ihr und nannte sich innerlich einen Narren. Er schaute sich um, ob jemand sie beobachtete.

Nachdem sie ein paarmal hingefallen war, ging es etwas besser. Roy zeigte ihr, was sie zu tun hatte, wie sie die Richtung wechseln mußte.

Aber Katy hatte immer noch keine Kontrolle über ihre Skier. Es ging schlecht. Roys Geduld war am Ende.

»Nun schau doch mal! Du mußt die Füße zusammenhalten!«

»Aber ich versuche es doch! Diese Skier rutschen!«

»Sie müssen ja leicht rutschen. Du mußt sie mit deinen Beinen kontrollieren!«

»Schimpf nicht mit mir, Roy! Ich kann es nicht. Vielleicht lerne ich niemals Skilaufen.«

»Ich weiß nur eines. Ich bin kein richtiger Lehrer für dich. Ich bin zu ungeduldig, weil ich zuviel kann.«

Er sah auf den Berg und sah einen einzelnen Skiläufer den Hang herunterkommen. Der Bursche war gut. Er glitt leicht über die Piste. Roy sah, wie er nach links schwang, dann wieder nach rechts. Dort hinauf gehörte auch er.

Katy griff nach seinem Arm. »Sei nicht böse auf mich. Es tut mir leid.«

»Ich bin nicht böse.« Er hatte keine Lust mehr. »Wieviel Uhr ist es?«

»Fast zwei. Wir müssen in den Laden zurück.«

Er war erleichtert. »Das ist gut.« Er brachte sie schnell zur Bank, half ihr von den Skiern und nahm seine Skier ab. Sie beobachtete ihn und sah auf. »Du haßt es, ich meine, was du eben getan hast? Nicht wahr?«

Roy zuckte mit den Schultern. Warum konnte er es nicht zugeben!

»Ich weiß. Ich erpreßte dich gewissermaßen. Ich wollte nur länger bei dir sein. Ich kann sehen, daß du ärgerlich bist.«

»Nein ... Aber ich gehe eben gern meine eigenen Wege, das

ist alles.« Verdammt noch mal! Warum bat er sie fast um Verzeihung?

»Ich sehe schon, daß Skifahren wichtiger für dich ist als irgend etwas sonst – oder als irgend jemand ...«

»Das ist es, was ich dir schon gesagt habe.«

Katy sagte nichts mehr, als sie zum Laden zurückgingen. Ihre Schuhe knirschten im Schnee. Sie sagte: »Ich wollte dich nur ein bißchen besser kennenlernen. Ich dachte nicht, daß eine Stunde am Tag, die du nicht allein sein kannst, dich schon so wütend machen würde.«

»Ich bin nicht wütend. Ich bin nicht ärgerlich.«

»Ich glaubte, ich könnte einige Fortschritte machen. Aber ich wußte nicht, wie schwer es ist. Könntest du nicht ein klein bißchen Geduld mit mir haben?«

»Schau, Katy! Ich bin wirklich kein Skilehrer. Es war ein Fehler.«

»Du kannst immer nur das tun, was du tun willst. Ja? Und du willst mich nicht lehren, wie ich Ski zu fahren habe?«

Roy antwortete nicht. Warum hackte sie so auf ihm herum?

»Ich verstehe dich. Wir wollen's heute abend sehen. Davon habe ich zwei Nächte lang geträumt – und von dem, was wir taten.«

Was konnte er dazu sagen? Sie griff nach seinem Arm und drückte ihn. »Willst du mich heute abend besuchen?«

Warum hatte er nur dieses verdammte Gefühl, in einem Netz eingefangen und hilflos zu sein? Er sagte: »Ja, ich komme.« Sie drückte ihren Arm gegen seinen Körper. »Ich freue mich, Roy. Ich freue mich sehr.«

»Gut. Ich freue mich auch.«

»Es klingt aber nicht so.«

Er zwang sich zu einem Lächeln. »Doch! Was willst du? Soll ich hier in die Luft springen?«

Katy lächelte. »Nein, ich glaube dir auch so.«

Im Skiladen gab sie ihm die Ausrüstung, und er half ihr, die Schuhe auszuziehen.

»Danke. Ich warte also.« Sie lächelte und ihre Augen sahen ihn zärtlich an. Sie drehte sich um und ging durch die Tür.

Roy war froh, daß sie ging. Er spürte das Verlangen in seinem

Körper und ärgerte sich darüber. Aber dann war es ihm, als könnte er wieder frei atmen ...

8

Zwei Wochen später, an einem tristen Freitagnachmittag im Skiladen, läutete das Telefon. Eli nahm den Hörer ab. Er lauschte, sah dann Roy an und grinste. »Ich bin sicher, es ist okay. Ich werde sie raufschicken. Ja, Madam. Ja, Miss Blair.« Er legte den Hörer auf.

Roy runzelte die Stirn. »Warum sehen Sie mich so merkwürdig an?«

»Es war keine andere als die Dame Blair. Sie will ein Paar unserer besten pelzgefütterten Fausthandschuhe.«

»So? Aber warum grinsen Sie?«

»Sie möchte, daß ein hübscher Junge sie raufbringt. Und nun raten Sie mal, wer das sein könnte?«

»Machen Sie die Pferde nicht scheu!«

»Na, ich bin's bestimmt nicht. Und Gordy auch nicht, denn seine Nase ist zu groß, ganz zu schweigen von seinen Ohren.«

Gorden Wilmer, der andere Junge, der Dienst hatte, sagte: »Der liebe Gott war Ihnen gnädig, Roy. Sie sind ein Filmstar! Sie sind der hübsche Junge, Chrysler!«

Roy lächelte. »Sie sah mich mal im Lair. Aber sie hat einen Agenten, der sie wie eine Mutter bewacht. Wahrscheinlich schläft er bei ihr, damit niemand anderes es tut.«

Eli gab Roy ein Paar der teuersten Fausthandschuhe. »Los Mann, gehen Sie! Der Schrecken der Tiger Lodge erwartet Sie!«

Roy nahm die Handschuhe mit einer Verbeugung. »Ich werde das erledigen, o mächtiger Meister.« Er blinzelte ihnen zu und verließ den Laden.

Er war selbst neugierig auf die Dame Blair. Das Mädchen hatte einen Körper, der die Augen und die Wünsche wie ein Magnet anzog, aber anscheinend stimmte irgend etwas nicht. Sie war erfolgreich, aber unbeständig. Roy nahm zwei Stufen auf einmal. Es war eine gute Übung. Der Aufzug verweichlichte nur. Sie wohnte ein Stockwerk über dem Lair. Roy klopfte an die Tür, Max öffnete und nahm die Handschuhe. »Besten Dank, daß Sie sie raufbrachten, mein Junge.« Er gab Roy einen Vierteldollar und wollte die Tür schließen.

Dianes klare Stimme kam von drinnen. »Ist das der hübsche Junge?« Sie tauchte hinter Max auf, sie trug einen Babydoll, sie sah prachtvoll aus. »Hallo, Roy, mein Junge. Sehen Sie? Ich habe Ihren Namen nicht vergessen. Und für mich ist das allerhand.« Es schien ihr nichts auszumachen, daß ihre sehr schönen Brüste, ihr Bauch und ihre Schenkel durch das dünne Material zu sehen waren.

Max drehte sich ärgerlich um. »Zieh etwas an! Du kannst nicht –«

Sie wurde ärgerlich. »Ich kann tun, was ich will! Du bist nicht meine Mutter und du bist nicht mein Vater. Du bist nur mein Agent. Ein lausiger Agent. Ich zahle dir fette Provisionen, oder?«

Sie krümmte einen Finger in Richtung Roy. »Kommen Sie rein! Ich möchte ein bißchen mit Ihnen plaudern.« Sie ging zu einer sehr gemütlichen Couch und warf sich auf die orangefarbenen Kissen.

Max trat zur Seite, um Roy einzulassen. Als er an der Tür war, winkte ihm Diane zu. »Du kannst einen Spaziergang machen, Max. Komm in ein paar Stunden zurück.«

Max fauchte. »Was hast du verdammtes Stück schon wieder vor? Möchtest du mir das sagen? Weißt du denn gar nicht, daß du im Vertrag eine bestimmte Klausel hast? Weißt du, was passieren wird, wenn du dich mit jemandem einläßt?«

»Ich werde mich mit niemandem einlassen, Max. Aber nimm's leicht und tu', was ich dir gesagt habe.«

»Sicher! Sicher! Es wird gar nichts geschehen. Woher weißt du, was das für ein Bursche ist? Kannst du mir das sagen? Vielleicht wird er dich erpressen, oder er wird dir ein paar dreckige Sachen erzählen. Verdammt noch mal, hier stehen sie doch an den Türen und lauschen!«

»Es wird immer gelauscht. Na und? Vielleicht wollen sie bloß hören, wie man meinen Namen richtig ausspricht. Außerdem vertraue ich dem süßen Roy. Er ist innerlich sauber. Ich fühle das direkt.« Sie schnüffelte. »Siehst du? Ich rieche es!«

79

Roy lächelte. Max schleuderte wütend die Handschuhe auf den Tisch, ging hinaus und warf die Tür hinter sich zu.

Diane zog ein Gesicht. »Endlich. Sie können sich nicht vorstellen, wie verrückt er mich manchmal macht.« Sie strahlte, als ob die Sonne aufgegangen sei. »Nun, jetzt sind wir allein, du und ich.« Sie schlug auf die Kissen. »Setz dich her.«

Roy gehorchte. Die Situation schien interessant zu werden. Er konnte seine Augen nicht von dem schlanken Körper wenden. Diese Pyjamas waren zur Verführung geschaffen und nicht zum Schlafen.

Diane hob die Hände hoch und strich ihr goldenes langes Haar hinter die Schultern. Es war wie eine Kaskade über ihre Brustwarzen gefallen. Sie lehnte sich zurück. »Du reizt mich, Roy.«

Er wußte, was sie von ihm wollte. Und er tat es. Es war nur eine Frage der Zeit gewesen, aber keine Frage, den Widerstand ihres Körpers zu überwinden. Er sagte: »Wie reize ich Sie denn?«

»Oh, mein Gott, er siezt mich noch!« Sie schüttelte ihren Kopf. »Ich mag deine innere Sauberkeit. Hab' ich das nicht schon gesagt, oder? Es ist bestimmt wahr. Du gehst nicht lange drumherum. Du bist so direkt. Du hast innere Werte.«

Roy dachte an Katy und an die Art, wie sie in den letzten Wochen mehr und mehr Beseitz von ihm ergriffen hatte. »Ja ... ich habe bestimmt Werte ...«

»Ich bewundere das. Ich wünsche nur, ich hätte auch Werte.« Diane schien in eine Depression zu fallen, die genau fünf Minuten dauerte. Es war, als ob ihr Gesicht verfiele und Angst in ihren Augen wäre. Aber dann war es schon wieder vorbei, ihr Lächeln kam zurück. »Aber ich habe ja Max. Wenn er bei mir ist, kann mir nichts passieren.«

Sie lehnte sich gegen ihn, Roy ergriff sie an den Schultern und drückte sie hinunter, bis ihr Kopf auf seinem Schoß lag. Er legte eine Hand auf ihren Körper. Sie entglitt ihm und faßte nach seinem Kopf. Ihre langen bloßen Arme zogen ihn auf ihre Brüste.

Ihr Atem roch nach Whisky. Er hob den Kopf hoch. Sie küßten sich, und in dem Kuß tauschten sie das Verlangen aus, das in ihnen war. Diane stieß ihn weg. »Gott, wie ich dich beneide.«

Roy fragte sie nicht, warum sie ihn beneidete. Aber er ahnte es. Sie hatte Angst. Angst vor der Zukunft.

Diane spielte mit seinen Hemdknöpfen. »Du brauchst niemanden. Du kannst dieses tun und jenes tun, dieses und jenes sagen, du brauchst dir keine Gedanken darüber zu machen ...«

»Du bist jetzt ein Filmstar. Du brauchst doch keine Angst zu haben.«

Sie sog hörbar die Luft ein. »Ein Star! Ich bin ein Eigentum. Ich bin dem Publikum gegenüber verpflichtet und habe einen Optionsvertrag. Du brauchst kein Publikum, aber ich. Ich brauche es in guten und vor allem in schlechten Zeiten. Die Leute sollen mich kennen, sie sollen über mich sprechen, ich werde dafür bezahlt, daß sie mich halbnackt in einem Film sehen ... Ich bin ein Nichts.« Er sah wieder die Angst auf ihrem Gesicht. »Ich bin ein Nichts. Ich weiß nicht einmal, wer ich bin.« Sie zog seinen Mund auf ihre Lippen, und der Kuß schien voller Tiefe zu sein. Ihre Zunge wurde aktiv, erregend. Roy schob seine Hand in ihren Pyjama. Er fühlte ihre warme, zarte Haut, die Rundungen ihrer Brüste, das feste Fleisch, und die Knospen erhärteten sich unter seinen Fingern.

Der Kuß schien ewig zu dauern. Roys Genick tat ihm weh; er versuchte den Mund wegzunehmen. Schließlich ließ sie ihn los. Diane sah ihn aus großen Augen an. Und plötzlich sagte sie: »Wir wollen ins Schlafzimmer gehen.«

Sie ging voraus. Sie ging sehr entspannt, ihre Hüften schwangen; Erregung stieg in ihm auf. Das Bett war riesengroß, es hatte gelbe seidene Laken und gelbe Nylonbettdecken. Es war zerknittert. Diane warf sich darauf und drehte sich um. Sie wollte sehen, wie Roy sich auszog. »Du hast eine gute Figur. Groß, so braun ... und ich mag dieses wellige Haar.« Roy lächelte, als er sein Hemd und sein Unterhemd auszog. Er setzte sich neben sie, um seine Schuhe und Socken auszuziehen.

Diane streichelte seinen nackten Rücken. »Weißt du was? Ich komme aus South Bend, Indiana. Ich ging in die gute alte Franklin High School. Aber nur vier Jahre lang, lausige Jahre ...«

»Warum lausige Jahre?«

»Oh ... ich gewann einen Schönheitswettbewerb und dann sollte ich zu einem anderen Wettbewerb. Und da verlor ich, aber ich traf Max, und er redete auf mich ein, ich sollte zum Film gehen.« Diane strich über ihre Brüste. »Aber zuerst machte er mich. Du verstehst doch, wie man einen Filmstar macht.« Es schien Roy, als wollte sie eine lange Beichte vom Stapel lassen, aber solche Dinge langweilten ihn. Er beschäftigte sich mit seinen Schuhen. Sie holte tief Luft.

»Es gibt natürlich Mädchen, die eine Menge Talent haben, die schaffen es, wenn sie lange genug warten können. Aber es gibt auch Mädchen wie mich. Wir legen uns auf den Rücken und was wir brauchen, ist eine Menge Talent fürs Bett.«

Roy zog seine Socken aus, er sagte nichts dazu. Diane schien tief in Gedanken versunken. Er sah die Spitze ihrer Zunge. »Möchtest du etwas Schreckliches hören? Ich kann mich nicht an die Zahl der Männer erinnern, die mich gehabt haben. Eine Menge Männer. Stellvertretende Direktoren, stellvertretende Produzenten, Produzenten. Ich hab' mich hinaufgevögelt, und der gute alte Max hat mir dabei geholfen.« Sie sah Roy verstört an. »Ein guter Agent wie Max kann einem eine Menge helfen.«

Roy schwieg.

»Er ist eine besondere Sorte von Agent. Er macht's selbst zu gern.« Sie zuckte mit den Schultern. »Warum nicht? Ich kann mich nicht beschweren. Solange ich die Beine für ihn breit mache, wird er mich nicht verlassen. Und er ist eine Kanone auf seinem Gebiet. Und jetzt bin ich ein Star. Er hat's geschafft.«

Roy zog seine Hose aus.

Diane legte sich auf den Rücken, sie streifte ihren Pyjama über den Kopf und betrachtete ihre Brüste. »Im Grunde genommen verdanke ich alles diesen beiden Dingern. Wo wäre ich ohne sie und ohne Max?«

Plötzlich schossen Tränen in ihre Augen. »Ich stelle mir manchmal vor, ich müßte nach Indiana zurück, vielleicht mit einem Mann verheiratet, mit Kindern, die in dem weißen Haus in der Elm Street wohnen ...« Sie drehte sich um und vergrub ihren Kopf in einem Kissen.

Roy seufzte laut. »Jedermann hat seine Sorgen.«

Diane drehte sich wieder auf den Rücken und griff nach ihm.

Roy legte die Hände an ihr Gesicht und spürte, wie die Tränen herunterkullerten. Er hatte schon oft solche Mädchen gehabt, die einen ganzen Haufen soller Sorgen auf ihn abwälzen wollten. Oft war es ihm egal, manchmal ärgerte er sich darüber, manchmal nicht, aber es passierte immer wieder. Die Schwachen lehnen sich an die Starken an.

Roy schaute auf das schluchzende Mädchen hinunter und fragte sich, was er mit ihr anfangen sollte. Er war gar nicht so stark, im Grunde genommen war er traurig und müde. Er konnte diesen Mädchen, die Hilfe brauchten, nichts geben. Das Leben war ein trauriges Geschäft.

Diane setzte sich auf und schaute ihn an. Ihre Augen waren immer noch tränenfeucht. Ihr Mund hatte sich kummervoll verzogen. »Roy . . . o Gott, Roy . . .«

»Ich bin ja hier, Baby.« Sie fiel in seine Arme und suchte mit geschlossenen Augen seinen Mund, sie zitterte und sie preßte sich eng an ihn. Sie fielen aufs Bett und die Erregung schien Diane zu packen.

Er warf ihren dünnen Pyjama aus dem Bett und legte sich über sie. Er blieb eine Weile ganz ruhig liegen.

Plötzlich hatte sich Diane beruhigt, sie verschränkte die Arme hinter seinem Rücken und drückte ihn fest an sich. »Okay, ich habe genug geweint«, sagte sie. »Jetzt will ich etwas von dir haben. Ich weine meistens, wenn ich zum erstenmal mit einem Mann ins Bett gehe. Aber nun will ich meinen Spaß haben.« Sie griff mit beiden Händen nach seinem Kopf und dirigierte sein Gesicht auf ihre Brüste. »Küß mich, Liebling! Küß mich fest!« Roy glitt mit den Lippen über ihren jungen Körper; er war so warm und weich, daß es ihm selbst Freude machte, sie mit den Lippen zu berühren. Es war ein Körper, der jede Aufmerksamkeit verdiente, die man ihm gab.

Sie stöhnte und begann dann leise zu wimmern. Er glitt mit der Zunge durch die goldblonden Haare ihrer Scham und fand den feuchten Punkt, den die rosaroten Lippen bildeten. Er suchte mit der Zunge, bis er die überraschend große Klitoris fand, er preßte die Lippen fest dagegen, und sie schrie auf. Einen Augenblick lang stöhnte und schrie sie so laut, daß er Angst hatte, man könnte es draußen hören, dann war es vorbei.

Sie sagte schwach: »Das war wundervoll, Liebling. Einfach wundervoll. Du bist großartig.«

»Du bist auch nicht schlecht«, atnwortete Roy.

»Aber du hast nichts davon gehabt«, sagte sie.

»Ich bin kein Egoist. Ich weiß, du wolltest mir etwas schenken, nun gebe ich dir es zurück.«

Sie spreizte die Beine, griff mit beiden Händen an ihre Liebeslippen und öffnete sie. Er starrte darauf. Sie waren naß und glänzend. Er konnte nicht mehr an sich halten. Sie keuchte und stöhnte wieder. Dann war alles vorbei.

Diane setzte sich auf und griff nach den Zigaretten und einer goldenen Zigarettenspitze. Alles lag auf dem Tisch neben dem Bett. Sie bot Roy eine Zigarette an, aber er schüttelte den Kopf. Sie zündete sie an, inhalierte tief, und stieß den Rauch aus. »Bist du gern Kellner im Lair?«

»Es ist nicht so schlecht.«

»Möchtest du nicht lieber erster Klasse wohnen, in einem Zimmer wie diesem hier?«

»Sicher, aber es kostet zuviel.«

Sie sah ihn sonderbar an. »Wenn alles frei wäre?«

»Und wo ist der Haken dabei?«

Diane hob seine Hand an ihre Lippen. »Ich brauche dich, Roy. Nicht nur fürs Bett, ich brauche einen Menschen, mit dem ich sprechen kann.«

Roy runzelte die Stirn. »Ich bin nicht gern gebunden.«

»Ich würde dich auch nicht binden. Ich weiß, daß du das Skifahren liebst, und ich würde dich nie davon abhalten. Aber ich würde es möglich machen, daß du skilaufen kannst, wann immer du es willst. Du könntest hier bei mir wohnen. Ich werde in einer Woche nicht mehr hier sein. Wir fangen einen neuen Film an. Dann würde dieses Zimmer allein dir gehören. Du könntest dir bestellen, was du wünscht, du könntest dir die besten Skier kaufen . . . alles, was du willst. Ich möchte nur nicht, daß du dich mit anderen Mädchen abgibst. Ich will dich für mich haben, ganz allein, wenn ich an den Wochenenden hier bin . . .«

Sie bettelte.

Roy dachte darüber nach. Er kümmerte sich nicht um die Meinung anderer, wenn er etwas annahm oder ablehnte. Aber er wußte, daß er nur der Liebhaber sein würde ... – er schüttelte den Kopf. »Danke, aber ... nein. Ich brauch' keine Großzügigkeit. Ich möchte niemandem etwas schuldig werden.«

»Aber du würdest mir nichts schulden! Ich würde dir etwas schulden. Ich brauche dich. Wir könnten eine Menge Dinge zusammen tun. Ja. Ich laufe sehr gut Ski, wenn ich will. Sobald der Film beendet ist, könnten wir zum Skilaufen nach Südamerika fliegen. Oder meinetwegen, wenn du etwas anderes tun willst, nach Afrika. Ich verdiene genug Geld. Irrsinnig viel Geld. Ich weiß nicht wofür, aber ich verdiene es. Roy, du könntest das ganze Jahr über skilaufen. An all den berühmten Orten, auf den besten Pisten der Welt!«

»Du machst es mir schwer.«

»Brauchst du Geld? Ich gebe dir alles, was du willst. Und wenn du willst, verschafft dir Max eine Filmrolle in meinem Film. Du würdest bestimmt großartig sein. Und du weißt das.«

»Ich mag diese Art Leben nicht ...«

»Aber was willst du denn? Erzähl' es mir!«

»Ich will nur allein sein. Das ist alles.«

Dianes Stimme brach. »Ist das endgültig, Roy?«

Roy zögerte. »Ich weiß nicht. Laß mich darüber nachdenken. Okay?«

Sie nickte und küßte ihn.

»Ja, Roy, denke darüber nach. Oh, denk' vor allem an das, was du nicht haben wirst, wenn du dich entscheidest, nicht bei mir zu sein.«

»Ich werde es dir sagen.« Er setzte sich auf und schwang seine Beine auf den Boden.

Sie zog ihn zurück. »Gehe jetzt noch nicht. Ich möchte dir noch einmal zeigen, was du nicht hättest ...«

Sie zog ihn aufs Bett und ihre Hand griff nach seinem Roylein. Es war ein großes Vergnügen für ihn.

9

Weihnachtslieder kamen aus den Lautsprechern über dem Eingang der Lodge. Man hörte sie bis in den Skiladen. Unmassen von Skiläufern tummelten sich auf den eisigen Loipen, Pisten und den Hängen.

Roy hatte seine erste Schicht im Laden beendet und betrachtete die Berge.

»Hurra, hurra, der Weihnachtsmann ist da«, brummelte er vor sich hin und ging zum Frühstück.

Er traf Helen in der überfüllten Lobby. Sie trug ein Tablett. Sie winkte mit ihrem Block. »Hey, wo bist du kürzlich gewesen?«

»Hallo, Helen! Wer kriegt denn dieses Essen speziell serviert?«

»Irgendein alter Pinkel im Ostflügel. Er hat sich gestern ein Bein gebrochen und der Arzt kann ihn vor nächster Woche nicht ins Hospital bringen.«

»Wie alt ist er?«

»Ich weiß nicht genau, ich denke sechzig oder so.«

Jemand stieß sie an, und sie packte ihr Tablett fester.

»Mann, passen Sie doch besser auf!« Sie wandte sich wieder an Roy. »Ich sehe dich in der letzten Zeit gar nicht mehr...« Sie stand dicht bei ihm und hatte ihren Nympho-Blick.

Roy zuckte mit den Schultern. »Ich hab' 'ne Menge zu tun. Du hast eine Menge zu tun.«

»Ach, tu' doch nicht so, Roy, hat es dir oben in der Kabine nicht gefallen? Habe ich dir nicht gefallen?«

»Sicher.«

»Na, wie wär' es denn mit einer Wiederholung?«

»Ja. Warum nicht?« Er sah die nackte Lust in ihren Augen, und er dachte an ihren schlanken Körper.

»Heute abend?« Sie schien es eilig zu haben.

»Nein... ich habe etwas vor.« Er hatte eine Verabredung mit Katy in ihrem Zimmer. Katy war aufgeblüht, eine Folge ihrer Übungen auf dem Bett. Sie war lebhaft, glücklich, voller Energie... eine verwandelte Frau.

Er hatte Dianes Angebot aus seinem Gedächtnis gestrichen.

Er hatte beschlossen, ein eigener Herr zu bleiben. Er wußte, daß es nicht einfach gewesen war. Jeder rotznäsige Teenager, den er im Laden zu bedienen hatte, alle die vielen Weiber im Lair machten die Sache mit Diane für ihn noch anziehender. Aber er wollte nicht daran denken.

Helen sagte: »Hör zu! Ich muß dieses Tablett abliefern, dann habe ich eine Pause. Gehst du zum Lunch?«

»Ja.«

»Nun ... wir könnten hinaufgehen: Niemand wird dort sein.«

»Jetzt? Am Tag? Du bist verrückt!«

»Wir werden doch nur ein paar Minuten oben bleiben.«

»Was ist mit Hank? Hast du keine Angst vor ihm?«

»Wie könnte er es herauskriegen? Er hat bis 2 Uhr Dienst.« Helen bettelte mit ihren gierigen Augen. »Bitte, Roy. Es wird nicht lange dauern, Roy.«

»Warum ich? Warum nimmst du nicht Hank mit?«

Sie biß sich auf die Unterlippe. »Niemand kann es so wie du. Und außerdem habe ich etwas gegen ihn – im Augenblick.«

»Okay. Dann wollen wir mal, wenn du willst ...«

Ihre Augen glitzerten. »Warte auf mich auf der Hintertreppe. Ich werde in zwei Minuten da sein.« Sie lief weg.

Roy grinste und ging in die Küche, um eine Tasse Kaffee zu trinken. Fünf Minuten später kam er zur Treppe. Helen wartete schon.

Der Dachraum war leer, er schien immer noch unbenutzt. Roy suchte nach einem Schloß für die Tür, fand aber keines. Helen zog ihn schnell in die Kabine, dort zog sie ihr Höschen aus und steckte es in eine Tasche ihrer Uniform. »Komm, Roy!« Er ging auch hinein und schlüpfte aus der Hose. »Wie damals?«

Sie nickte. Er lag auf dem kalten Brett und beobachtete die Bewegungen ihres Körpers. Einen Augenblick später preßte sie die Hände in seine Hüften ... bewegte sich, preßte, bewegte sich wieder. Roy schloß die Augen. Da wurde die Tür aufgerissen und knallte gegen eine Wand. Roys Kopf flog herum. Helen zuckte zusammen, dann erstarrte sie. Drei Studenten kamen herein, neugierig, sie waren anscheinend dabei gewesen, die

Geheimnisse der Lodge zu ergründen. Sie sahen Roy und Helen und ihre Augen weiterten sich.

Der eine Junge sagte: »Du meine Güte!« Ein anderer lachte. Er bewegte sich nicht. Er rief: »Nun gib's ihr schon, Junge!«

Helen glitt herunter. Roy setzte sich schnell auf und zog seine Hose an, er schaute wild auf die beiden Jungen, die noch in der Tür standen. Sie sahen den Ausdruck auf seinem Gesicht und rannten davon. Roy war durcheinander. Die Möglichkeit, daß die Burschen herumtratschten, was sie gesehen hatten, war groß; sie konnten es ihren Freunden erzählen, sogar unter dem Siegel der Verschwiegenheit, aber diese Freunde würden es ihren Freunden weitererzählen ...

»Zieh deinen Slip wieder an! Tu so, als wäre nichts geschehen. Geh' einfach zurück an deine Arbeit.«

»Okay. Lieber Himmel, ich hoffe, sie werden nicht über uns sprechen. Wenn es Hank herausbringt ...«

»Er wird es nicht. Sie wissen nicht, wer wir sind. Das Licht war nicht sehr gut.«

Sie nickte. »Es tut mir leid, Roy. Ich meine, wenn wir nun rausgeschmissen werden oder so –«

»Mach' dir deswegen keine Sorgen. Geh' jetzt los! Geh' zur Arbeit zurück!«

Sie ging – und eine Minute später ging auch Roy die Treppe hinunter. Er ging zur Küche, frühstückte und benahm sich wie sonst auch. Helen kam ein paarmal herein und ging wieder hinaus, aber sie sprach nicht. Hank schien nichts erfahren zu haben. Er winkte Roy zu und sagte: »Hey.«

Aber als Roy zur Arbeit in den Skiladen kam, begrüßten ihn Eli und die anderen mit witzig sein sollenden Bemerkungen. »Da ist er, der Mann der Stunde!« – »Mann, du bist ja der reinste Tiger bei den Mädchen!« – »Machst du jetzt Dienst auf dem Dachboden?«

Er machte den Versuch zu bluffen, aber die Sache klappte nicht. Sie schienen ganz genau Bescheid zu wissen.

»Roy«, sagte Eli, »die Geschichte ist schon unterwegs. Die meisten jungen Leute kennen sie. Ich erfuhr sie so: Ein paar Jungen erzählten, sie hätten einen großen, gutaussehenden blonden Jungen auf einem Tisch unter dem Solarium mit einer niedlichen kleinen Kellnerin in einer grünen Uniform erwischt, und sie wäre wie verrückt auf ihm herumgehüpft.« Er grinste. »Das klingt nach Ihnen. Stimmt's?«

Roy schüttelte den Kopf. »Ich war es nicht.«

»Na, na. Die Beschreibung paßt auf Sie – haargenau. Was für ein Mädchen war es denn? Wie heißt sie?«

Roy zuckte mit den Schultern und gab den Widerstand auf. »Ein Gentleman küßt und spricht nicht darüber.«

»Anscheinend ist es beim Küssen nicht geblieben!«

»Na und? Das tun doch alle Menschen ...«

»Im Ernst, Roy. Sie werden Ärger kriegen, wenn die Geschichte zu Katy Peters kommt. Sie hält eine Menge von Ihnen.«

Roy fühlte so etwas wie Furcht in sich aufsteigen. Nicht Furcht, daß er seinen Job verlieren könnte, aber er hatte Furcht, sie zu verlieren. Er wollte es sich nicht einmal eingestehen. Er war sehr unkonzentriert bei der Arbeit, und er war froh, als um 6 Schluß war.

Roy wäre am liebsten nicht in die Küche und in den Schlafsaal gegangen, aber er brauchte etwas zu essen. Außerdem mußte er seine Kleider für das Lair wechseln. Als er eintrat, sahen ihn einige Angestellte an den Tischen an. Sie grinsten. Jean hatte Dienst. Er sah Roy und winkte ihm zu. Roy nickte und ging zum Küchenchef hinüber.

»Sie sind ein blöder Hund, Roy – ein Idiot! Ein Narr! Was haben Sie bloß getan? Wenn es Katy hört, wird es ihr das Herz brechen.«

»Ich weiß. Glauben Sie nicht, ich wüßte es nicht. Es tut mir leid.«

Jean blies seine Backen auf. »Es tut ihm leid! Ja, glauben Sie denn, daß das für ein gebrochenes Herz genügt?!«

»Was soll ich denn tun? Abhauen?«

»Sie sind ein Narr!« Jean wandte sich wieder seinem Herd zu.

Roy griff ärgerlich nach einer Platte und ging hinüber, wo der Hilfskoch das Essen austeilte. Helen kam mit einer Bestellung herein. Ihr Gesicht war gerötet. Hank kam dicht hinter ihr her. Er knallte ein Tablett auf die Theke.

»Du verdammte Hexe! Sie alle reden über dich!«

»Ich weiß nicht, was du meinst.«

»Diese drei verdammten Burschen da draußen! Ich habe sie gehört! Du bist die kleine Kellnerin in der grünen Uniform, die –« Hanks Augen weiteten sich. Er starte Roy an. »Du?« Roy stellte seine Platte ab. »Mach' dir nichts draus, Hank!«

Hanks Gesicht verzog sich. Er schien fast glücklich zu sein. »Du Bastard! Ich habe dich gewarnt! Ich habe dir gesagt, daß sie mir gehört, nicht wahr?«

»Du möchtest es wohl auskämpfen . . .«

»Und du nicht, was?« Die Leute in der Küche waren still. Sie beobachteten die beiden Männer. Helen machte eine Bewegung als wollte sie gehen. Hank griff nach ihrem Arm und wirbelte sie herum. »Du gehst nicht!«

»Laß mich gehen! Ich bin nicht deine Sklavin!«

Sie schlug nach ihm. Die Gegenwart der anderen hatte sie mutig gemacht. Allein mit Hank wäre sie wohl zu Kreuze gekrochen.

Hank war wütend. »Du verdammtes Biest! Wenn du nicht bei mir bleiben willst, okay! Such dir einen anderen! Zeig ihnen, was du zu bieten hast! Los! Zieh dich aus!« Er packte sie an der Uniform und riß die Knöpfe auf. Einige fielen zu Boden. Er zog die Jacke bis zu ihren Ellenbogen herunter und hielt ihre Arme an den Seiten fest. Dann griff er schnell nach oben und riß den weißen Büstenhalter ab.

Roy ging langsam hin. »Hör auf damit!« stieß er hervor. Er schob Hank weg, aber die Finger des Jungen hatten sich in Helens Büstenhalter verfangen, erst jetzt konnte er ihn loslassen. Ihre beiden Brüste waren unbedeckt, Helen schrie und zog die Uniform darüber zusammen.

Hank war rasend vor Wut. Er sah Roy an und brüllte: »Das hast du gewollt! Okay, ich werd's dir zeigen!« Er griff unter seine Schürze.

Roy wußte, daß er ihm keine Chance geben durfte, das Messer zu ziehen. Er ballte die Hand zur Faust und schlug sie Hank gegen die Seite des Kopfes. Der Junge zuckte zusammen und schüttelte verwirrt den Kopf. Er vergaß sein Messer und sprang Roy mit geschwungenen Fäusten an. Sie standen Fuß an Fuß und schlugen aufeinander ein. Roy war erstaunt über Hanks Kraft und über seinen Mut. Er war fast so gut wie er selbst. Zweimal wurde Roy mit linken Haken getroffen. Es war lange her, daß Roy hatte boxen müssen. Er hatte es nicht gewollt, und er mochte es auch nicht. Er war durch das Skifahren in großartiger Kondition; Hank war es nicht. Die Arbeit des Kellners ist zwar hart. Roy wußte es. In ein paar Sekunden würden die Größe, das Gewicht und die Muskeln entscheiden. Er schlug einen Haken und traf mit einer Rechten Hanks Hals. Hank ging mit schmerzverzogenem Gesicht zu Boden. Er rollte umher, stöhnte und rieb sich das Genick.

Roy blieb schweratmend und abwesend stehen, er wischte sich Blut von einer gesprungenen Lippe und fragte sich, warum Hank damit angefangen hatte. Vielleicht hatte er nur bluffen wollen, als er nach dem Messer griff. Aber das war jetzt egal.

Roy sah, daß sich Helen und einige Kellner über Hank beugten. Es war geschehen, aber Helen war es nicht wert. Der Sex war es nicht wert. War sein Stolz es wert? Was war Stolz im allgemeinen wert? Roy drehte sich um und ging durch die Reihen der neugierig starrenden Zuschauer. Er ging in ein Badezimmer und wusch sich das Gesicht. Im Spiegel sah er, daß er ein blaues Auge hatte. Die eine Lippe war aufgesprungen, die Wangen waren gerötet, und er hatte Kopfschmerzen. Aber der Schaden war nicht groß. Er lächelte mit einem verzogenen Gesicht. Man würde ihn hinausschmeißen.

Er setzte sich auf sein Bett, packte seine Sachen zusammen – in diesem Augenblick kam einer der Hilfsköche in den Schlafsaal. »Hey, Roy, du sollst zu Miss Katys Büro kommen.«

Roy nickte. Wieder stieg Furcht in ihm auf, und das gefiel ihm gar nicht. Er hatte sonst nie Angst. Er packte seine Sachen schnell zusammen und nahm seine Tasche mit.

10

Er klopfte an Katys Bürotür. Der Kreis schließt sich, dachte er. Vor anderthalb Monaten hatte er ebenfalls an diese Tür geklopft, um einen Job zu bekommen.

»Herein!« Sie wußte, wer es war. Ihre Stimme klang streng. Roy trat ein und blieb an der Tür stehen.

»Mach' die Türe zu, bitte!« Sie versuchte, ihre Stimme unter Kontrolle zu halten.

Roy sagte: »Es tut mir leid, Katy. Es war verrückt von mir, so etwas zu tun.«

Ihre Augen waren dunkel, sie schien sich elend zu fühlen. »Was tut dir leid? Der Kampf mit Hank, oder daß du es mit dieser Vagabundin getrieben hast?«

»Beides, denke ich.« Er fühlte sich lausig. Er konnte sehen, daß Tränen in ihren braunen Augen standen.

»Roy, ich kann nicht verstehen, warum du dich mit ihr eingelassen hast. Es war doch nicht das erstemal – oder?«

»Nein.«

Katy schluckte und schloß die Augen. Ihre kleinen zarten Hände lagen flach auf dem Schreibtisch. »Ich hoffte, es wäre nur einmal passiert.«

»Es ist nun einmal so, Katy.«

Sie sah auf, ihr Gesicht war verstört, sie weinte. »Was erwartest du, das ich tun soll? Wie soll ich mich fühlen? Ich glaubte, ich sei wenigstens jetzt das einzige Mädchen in deinem Leben. Was für ein Witz! Ich habe gehört, daß du Fausthandschuhe zu Miss Diane Blair gebracht hast, und daß du zwei Stunden oben warst, aber ich wollte es nicht glauben. Und ich wagte nicht, dich danach zu fragen.«

Roy schwieg.

Katy sagte gebrochen: »Du hast sie auch gehabt. Du bist hübsch und vital und die Mädchen sind hinter dir her. Warum nicht? Es ist ihre Sache, wenn sie sich verlieben, nicht wahr?«

Roy machte eine Bewegung. »Nun hör mal! Schmeiß mich raus! Damit wir fertig werden!«

»Ich werde es tun. Ich habe das Mädchen rausgeschmissen und ich werde auch dich rausschmeißen. Und sowie Hank das Erstehilfezimmer verlassen hat, werde ich ihn ebenfalls rausschmeißen.« Sie öffnete eine Schublade und warf einen Umschlag auf die Ecke des Schreibtischs. »Hier ist dein Scheck!«

»Du brauchst mir nicht zu danken. Du hast das Geld verdient. Du verdienst alles, was du bekommst.«

Roy stand da, den Umschlag in der Hand, er spürte wie sein Hals sich verengte, er war nicht imstande das Büro zu verlassen. Katy wischte die Tränen mit einem Taschentuch ab.

»Ich sollte mit dir fertig sein. Ich sollte stolzer sein. Ich kann es nicht. Ich liebe dich immer noch, Roy. Liebe kann man nicht andrehen und abstellen wie eine Lampe.«

Bettle nicht, bat Roy sie in Gedanken.

Schließlich fragte Katy: »Wohin wirst du jetzt gehen?«

»Ich weiß es nicht. Ich denke, zurück nach Los Angeles. Vielleicht finde ich ein anderes Skizentrum.«

»Es ist schon spät in der Saison.«

»Ich weiß es.« Er steckte den Scheck in die Tasche. »Ist das alles?«

Aber sie war noch nicht fertig. »Ich habe dir niemals etwas bedeutet, nicht wahr? Nur ein Mädchen fürs Bett.«

»Katy, du warst etwas ganz Besonderes für mich. Du bist es noch. Aber –« Roy schüttelte heftig den Kopf. Er machte eine Bewegung zur Tür.

»Roy! Wenn du nach Los Angeles zurückgehst . . .« Sie holte einen Zettel heraus. »Hier ist meine Adresse und hier ist meine Telefonnummer in Pasadena.« Sie gab ihm den Zettel. Roy nahm ihn. Sie würde eine Weile warten, eine Weile hoffen . . . und dann würde sie ihn vergessen.

Katy hatte sich wieder unter Kontrolle. »Auf Wiedersehen.«

Roy nickte. »Auf Wiedersehen.« Seine Stimme war heiser, und er verfluchte sich wegen seiner sentimentalen Schwäche.

Er wußte, was sie fühlte; es war schwer, jemand zu verlieren, den man liebt . . . es war sehr hart. Aber das ganze Leben war hart. Er konnte es sich nicht vorstellen, sein Leben an das ihre zu binden, nein. Er nahm sein Gepäck und trug es in die Lobby und sah auf die Tafel, auf der die Abfahrtszeiten der Busse zum Dorf und der Überlandbusse von dort aus nach Los Angeles standen. Er mußte zwei Stunden warten. Er brachte sein Gepäck an die Rezeption und ging in den Skiladen. Eli und seine Leute hatten zu tun. Eli bediente einen Kunden und kam dann zu ihm. »Ich habe gerade einen Anruf aus dem Büro bekommen. Du verläßt uns, was?«

»Hast du von der Schlägerei gehört?«

Eli schnaufte. »Wer hat das nicht? Du bist verrückt, Roy. Du bist tatsächlich verrückt!«

»Das klingt nicht nett.«

»Vielleicht sehen wir uns gelegentlich wieder«, sagte Eli. Er streckte die Hand aus, Roy nahm sie. Er sagte: »Ist es in Ordnung, wenn ich mir zum letztenmal ein Paar Skier borge?«

»Klar. Nimm sie dir! Sie kosten nichts.«

Roy holte aus seinem Gepäck seine Windjacke und seine Schuhe, dann ging er in den Skischuhladen und nahm sich ein Paar mittelschwere Metallskier. Es war viel Pulverschnee auf dem Berg, und er wollte sich eine Strecke aussuchen, auf der keine Leute waren.

Er ging hinaus. Aber da sah er schon die unzähligen Skiläufer auf den Pisten. Aber er sah, daß die Loipe, die von Claw Summit herunterführte, fast leer war. Er hoffte, sie würde es auch bleiben, bis er oben war.

Zwanzig Minuten später stand er oben. Er sah die Menschen unten wie kleine Punkte ... kriechend, krabbelnd, hilflos im Schnee. Und er war das einzige Wesen, der einzige Mensch, der die Loipe bewältigen konnte.

Der Pulverschnee war tief und trocken. Es war ein wundervoller weicher Teppich. Roy sog die eiskalte Luft ein. Er zog die Brille herunter und fuhr los.

Der Schnee war vollkommen. Roy fuhr die Fallinie im tiefen Pulverschnee hinunter, schwankte ein paarmal, aber es war wunderbar. Viel zu schnell war er im Talkessel. Hier war der Schnee ein wenig anders, eine Kruste hatte sich gebildet. Er sah, daß sich eine Gruppe von Skiläufern neben ihm abmühte. Und er sah Diane Blair.

Er drehte sich um, fuhr los, und blieb neben ihr stehen. »Wird ein Helfer benötigt!«

»Roy!« Sie lachte erfreut. »Bist du verrückt? Wie kannst du diese Leute fragen?«

»Du mußt dein Gewicht auf den Skiern etwas verlagern. Und dann mußt du die Knie ein wenig mehr als normal beugen.«

»Das klingt leicht, wenn du es sagst, aber wenn man es tun soll ...«

»Versuche es doch mal!« Roy sah, daß die anderen drei Skiläufer ihn beobachteten, und daß sie die Beziehung zwischen ihm und Diane herausbekommen wollten. Er war schon bereit, wegzufahren, als sie die Blicke bemerkte. »Es tut mir leid, Roy. Dies ist Mimi Carter, auch ein Starlet. Das ist Peter Barnes, auch einer, der was werden will. Na, und den guten alten Max kennst du ja.«

Roy nickte und sagte: »Hallo«, und er betrachtete die schönen Gesichtszüge Mimis und stellte fest, daß sie einen vollendeten Körper hatte. Er sah, wie sie sich bewegte, und wie sie sich hielt. Barnes war fast zu hübsch, seine Augen waren zu weich. Er war gut gebaut, aber... Roy fragte sich, ob er überhaupt ein Mann war.

Max stand schwerfällig auf seinen Skiern. Er genoß in diesem Augenblick seinen Job bestimmt nicht; ob er seinen Job überhaupt genoß? Sicherlich nur den bei Diane.

Mimi sagte: »Wir haben eine Menge über Sie gehört, Roy.«

»Also, das kann ich mir denken. Lauter schlechtes Zeug!«

Diane lachte. Roy drehte sich um und sah zu dem Berg hinauf, es war eine wunderbare Piste und es war schade, daß er sie verlassen mußte.

Diane war seinem Blick gefolgt. »Hast du etwas verloren?«

»Meinen Job.«

»Oh? Hast du dich schon entschlossen, wohin du gehen wirst?«

Roy sah sie an. »Ich... denke...«

»Ich hoffe, du wirst hier bleiben. Es wäre schön, wenn du mir das Skifahren richtig beibringen würdest.« Sie nahm die Stöcke und stieß sich ab und fuhr davon. Roy folgte ihr. Als es etwas bergab ging, wollte Diane eine Kurve fahren, aber ihre Skier öffneten sich, und sie fiel hin. Roy hielt an und half ihr auf.

Diane sah ihn an. »Ich möchte Schluß machen. Kommst du mit ins Penthosue? Wir können etwas trinken.«

»Ich trinke nicht. Biete mir etwas anderes an.«

»All right. Das werde ich.«

Die anderen kamen heran. Auch Max. Max sagte: »Fahren wir ins Haus zurück. Ich friere.« Er wollte Diane von Roy wegbringen.

Diane sagte: »Wir treffen uns im Lair. Ich denke, gerade bei dieser Kälte wird uns etwas Alkohol guttun.«

Max lächelte, dann schaute er wieder düster drein, als er sah, daß Roy mit ihnen kam.

Im Lair hielt der Mann an der Tür Roy an. »Sie sind nicht im Dienst.«

Diane sagte: »Er ist bei mir.«

»Er ist nicht richtig angezogen.«

»Aber! Machen Sie mich nicht verrückt, kleiner Mann. Kennen Sie denn nicht die Regeln? Erst ab sechs sind Skianzüge nicht erlaubt.«

»Aber er ist ein Angestellter.«

Roy sagte: »Nicht mehr. Ich bin heute rausgeschmissen worden.«

Die Augen des Mannes flackerten. Er hätte es wissen sollen.

Sie gingen in die Bar. Kenny hatte Dienst. Als Diane und die anderen Drinks bestellten, ging Roy hinüber, um mit Dave zu sprechen.

Der farbige Junge grinste. »Mann! Das ging aber schnell bei dir. Du bist kaum ein paar Minuten gefeuert, und schon bist du mit einem Haufen Mädchen hier.«

Roy nahm sich ein Sandwich mit kaltem Fleisch.

»Ich frage mich, ob es jemanden gibt, der nicht weiß, was heute passiert ist.«

»Ich denke kaum. Ein kleiner Skandal, aber das läuft doch herum.«

»Ja.« Roy fühlte sich nicht besonders gut.

»Hast du was mit ihr im Sinn?«

»Wen meinst du?«

»Diane.«

Roys Magen krampfte sich zusammen. »Seit wann nennst du sie so?«

Daves Gesicht war undurchschaubar. »Ich nenne eine Menge Kunden bei ihrem Vornamen. Das tun wir doch alle hier. Sie mögen es.«

Roy fühlte, daß Ärger in ihm hochstieg. Er drehte sich um und ging zu der Gruppe zurück. Diane fragte: »Möchtest du keinen Drink?«

»Ja. Ich möchte einen. Warum nicht?«

»Das ist prima. Wir machen eine richtige Party.« Sie setzte sich mit ihm an das Ende der Bar. Roy bstellte einen Whisky mit Wasser.

Diane strich über seinen Oberschenkel. »Bist du nun bereit, mir deine Antwort zu geben?«

»Was für eine Antwort?« Er wußte genau was sie meinte.

Sie stellte ruhig fest: »Wir sprachen vor einigen Wochen darüber.«

Roy trank einen Schluck Whisky, dann leerte er sein Glas völlig. Wärme durchflutete seinen Magen. Er spürte Dianes Hand auf seinem Schenkel.

»Sollen wir hinaufgehen, wo wir allein sein können?«

»Du bist verdammt selbstsicher!«

»Rede nicht so dummes Zeug. Ich bin nüchtern. Ich bin nicht verrückt, wenn ich nüchtern bin. Du hattest bestimmt einen Grund gehabt, mich anzusprechen. Und du hattest ebenfalls einen Grund, mit uns hierher zu kommen. Nun hast du dir Mut angetrunken. was wirst du tun? Willst du zurück nach Los Angeles und irgendwo einen lausigen Kellnerjob annehmen – oder willst du bei mir bleiben und ein Gast erster Klasse sein?«

Roy schaute Dave nicht an, der die Unterhaltung mitgehört haben mußte. Er wünschte, Diane würde leiser sprechen. Max ging die Bar entlang, er schaute sie argwöhnisch an. »Warum bist du so ungesellig, Diane? Komm doch her! Deine Gäste sitzen da drüben!«

»Laß uns allein, Max!«

»Hör mal –«

»Hast du mich nicht verstanden? Verstehst du Englisch nicht mehr?«

»Ich warne dich –«

»Laß uns endlich allein!« Diane wandte sich ab, sie sah Roy wieder an. Max stand einen Augenblick schwer atmend und ärgerlich da. Dann ging er, etwas vor sich hin brummend, davon.

Diane sagte zu Roy: »Ich brauche dich immer noch. Mehr denn je.«

Roy runzelte die Stirn. »Ich habe nicht viele Sachen dabei. Ich müßte mir erst ein paar Anzüge besorgen.«

»Fahr' doch morgen mit mir nach Hollywood. Wir werden das Beste für dich aussuchen. Alles, was du benötigst.«

Sein Stirnrunzeln vertiefte sich. »Ich werde ungefähr sechs Paar neue Skier brauchen, neue Schuhe, eine Menge Zeug.« Er sah sie an, er glaubte, daß seine Forderungen das zunichte machen würden, was er wirklich nicht wollte.

»Du bekommst alles, was du willst, Roy. Das ist mir doch egal. Denn ich brauche dich.«

Roy nickte. »Okay. Danke.«

»Gut. Möchtest du jetzt hinaufgehen?«

»Warum nicht? Er wußte, daß es Zeit war, ihr einen kleinen Vorschuß zu geben. Sie sollte wissen, daß sie das Geld nicht umsonst ausgab.

Roy ging mit ihr hinauf.

11

Die Märzsonne brannte auf Roys Genick. Er fuhr über die Ostschleife und betrachtete seine neuen Skier. Es waren die modernsten und teuersten, und nun besaß er zehn Paar. Diane war mehr als generös gewesen.

Er nahm einen Flakon aus der Jackentasche und trank einen Schluck Gin. Es wärmte ihn. Es schmeckte ihm sogar. Verdammt noch mal, er hatte die feinste Skiausrüstung weit und breit. Er stieß sich ab und fuhr los. Der Schnee war naß, aber er wechselte manchmal zu Harsch. Sofort wußte Roy, daß er das falsche Wachs genommen hatte. Plötzlich stand er auf einem Ski, er schwankte, und er wäre beinahe gestürzt. Vor zwei oder drei Monaten wäre ihm das nicht passiert.

Roy schob es auf den Gin. Er versprach sich fest, nie mehr zu trinken, wenn er mit den Skiern unterwegs war. Oder wenn er die Absicht hatte, irgendeine Abfahrt zu nehmen. Trinken in den Bergen war Unfug. Er hielt an und schaute zurück. Er war seit gut einem Monat nicht mehr richtig auf den Skiern gewesen. Genau das war der Grund. Er hatte keine Übung mehr. Die Abfahrt war schwierig, besonders jetzt, wenn die Sonne schien. Verdammt noch mal, sogar die feinsten Skier ...

Er sah den Ostflügel der Lodge und fuhr darauf zu, als er sich plötzlich an ein kleines Café erinnerte. Er konnte eine gute Tasse Kaffee brauchen, ehe er noch einmal den Berg hinauffuhr. Und dieses Mal würde er die schwerste Abfahrt nehmen, die von Claw Summit. Um diese Jahreszeit war die Summitabfahrt gefährlich. Aber er würde es schon schaffen. Er stellte seine Skier und Stöcke draußen ab und betrat das Café. Die Kellnerin war groß, stämmig, mit enormen Brüsten. Sie erinnerte Roy an eine Frau, die er einmal gesehen hatte. Er suchte sich einen Stuhl. Sie kam lächelnd zu ihm.

»Kaffee.« Roy starrte sie an. »Kenne ich Sie nicht?«

»Vielleicht. Sie sind Roy Chrysler.«

»Und Sie sind . . .« – er wußte es nicht. »Helfen Sie mir.«

»Wir trafen uns, als Sie Ihren ersten Arbeitstag in der Lodge hatten.«

»Genau!« lächelte er. »Sie sind Jewel.«

»Stimmt.«

Roy betrachtete die große Frau und erinnerte sich daran, wie bereit und willig sie bei ihrer ersten Begegnung gewesen war. Und er beschloß herauszufinden, wie es jetzt um sie bestellt war. »Sind Sie immer noch an einem bißchen Spaß interessiert?«

»Wer ist es nicht?« Sie sah ihn lächelnd an.

»Wie wäre es heute abend?«

»Es wäre prima«, lächelte sie und strich über ihre Uniform, dort, wo ihre schweren Brüste waren. »Ich habe ab 4 frei.«

Ein Kunde unterbrach sie, und Jewel ging zur Theke zurück.

Roy folgte den Linien ihres Körpers mit seinen Augen. Es war ein Weib, das gut im Fleisch stand.

Sie mußte eine Menge Gewicht haben, aber er war sicher, daß es festes Fleisch war. Ein großer Teil ihres Gewichtes kam sicher von ihren riesigen Brüsten. Und es war ihm, als seien sie noch größer geworden. Er erinnerte sich gut an damals.

Jewel kam mit einer Tasse dampfenden Kaffees zurück. »Wenn einer dieser Burschen jemals danke schön zu mir sagen würde, ich glaube, ich würde tot umfallen.«

Roy lächelte und hob die Tasse hoch. »Danke schön.«

Jewel lachte. »Um wieviel Uhr heute abend?«

»Wie wäre es, wenn Sie gegen 6 zum Penthouse kämen?«

Sie nickte langsam. Ihre Augen hatten einen seltsamen Schimmer. Der Koch beugte sich aus einem kleinen Fenster und rief, daß eine Bestellung fertig sei, und die große Kellnerin verließ den Tisch.

Roy wußte, daß sie eine Menge Spaß haben würden. Und es würde ihm guttun. Er mußte einmal etwas anderes haben, etwas anderes, nicht nur immer Diane und die Frauen aus dem Lair. Er trank seinen Kaffee. Er belebte ihn. Nun war er fähig, die Claw-Summit-Abfahrt zu wagen. Er winkte Jewel auf Wiedersehen zu und ging hinaus.

Als er zu der Abfahrt hinauf sah, verlor er schnell seinen Enthusiasmus. Und er sah auf seine Skier und verlor jegliches Interesse. Er hätte sie noch einmal wachsen müssen und er hatte keine Lust dazu. Er hatte nicht einmal Lust, sie zur Lodge mitzunehmen. Laß sie stehen, wo sie sind, dachte er. Sie waren sowieso nicht gut genug. Er würde sich ein neues Paar kaufen. Roy lachte. Leicht verdient, leicht ausgegeben.

Drei Minuten später war er in der Lobby und nickte einem dünnen schwarzhaarigen Mädchen zu, das neben einem Kamin saß. Roy ging auf das Mädchen zu. »Hey, Myra.«

»Hey. Hast du wieder mal die Berge angebetet?«

»Ja. Wieviel Uhr ist es?«

Sie sah auf eine kleine mit Juwelen besetzte Armbanduhr. »Zwei.«

Roy seufzte. Er war eine Stunde lang draußen gewesen. Es war ihm viel länger vorgekommen. Damit war sein Tag zu Ende. Skifahren war für ihn zu einer Anstrengung geworden. Wo war seine frühere Freude und Lebhaftigkeit geblieben?

Myra drückte sich eng an ihn. »Ich glaube, du brauchst einen Drink!«

»Ich trinke viel zuviel.«

»Bestimmt nicht! Und schließlich mußt du für Diane in Form sein.

Sie kommt morgen, nicht wahr?«

»Ja. Die gute alte Diane. Du magst sie nicht, oder?«

Myra blies die Backen auf. »Nein, ich hätte dich lieber für mich selbst.«

Roy lächelte zynisch. »Aber du kannst es dir nicht leisten. Ich gehe dorthin, wo Geld ist.«

»So bist du doch gar nicht. Nicht wirklich. Ich weiß nicht, warum du dich so erniedrigst.«

»Ein Mann ist, was er ist, nicht was er sagt. Worte sind billig.«

Roy starrte durch das große Fenster auf die weißen Pisten des Berges.

»Kannst du nicht endlich ganz ehrlich zu dir sein, Roy?« Myra sah ihn offen an. »Sobald Daddy seinen Herzinfarkt hat, das verspreche ich dir, werde ich dich von Diane loskaufen. Ich werde reich genug.«

»Vielleicht werde ich dann sowieso billig genug sein«, knurrte Roy.

»Du fängst schon wieder an.«

»Okay, wenn dein Vater die große Transistorfabrik im Himmel übernimmt, hast du meine Erlaubnis, dich um mich zu bemühen.«

»Das werde ich auch. Und jetzt – wie wäre es mit einem Drink?«

Roy gähnte. »Ich denke, ich werde hinaufgehen und ein Weilchen schlafen. Es steht uns noch eine tolle Nacht bevor.«

»Stimmt. Billys Geburtstagsparty.«

»Zum Teufel mit Billy! Er bedeutet mir nichts, er ist nur einer deiner Freunde.«

»Du wirst heute abend nicht dabei sein?«

Roy schüttelte den Kopf. »Nein.«

»Ich glaube, es geht mich nichts an, was du heute abend tust?«

»Stimmt genau. Es geht dich tatsächlich nichts an.«

»Du hattest aber versprochen, heute abend nett zu mir zu sein, denkst du noch daran?«

Roy sah an ihr vorbei. »Ich breche mein Versprechen.«

»Du bist ein Bastard!«

»Ich dachte, du wüßtest es längst«, gähnte er.

Myry sprang auf und ging hinaus. Roy lächelte, aber seine Augen lächelten nicht mit. Sie würde bestimmt bis zum nächsten Montag ärgerlich sein, bis zu dem Tag, an dem Diane wieder weg war. Und dann würde sie wieder zu ihm kommen, sich an ihn pressen, ein bißchen verrückt spielen, weil sie ihn nicht haben konnte. Er hatte sie und ihre Freunde satt. Und bald würde er sich überhaupt nicht mehr um sie kümmern; es gab andere junge Frauen, die an ihre Stelle treten konnten.

Roy war sehr müde. Es kostete ihn Mühe, aufzustehen und zum Fahrstuhl zu gehen. Er überlegte einen Augenblick, ob er wie früher die Treppe nehmen sollte, aber er tat es nicht. Er sah, daß das Bett gemacht und die Suite aufgeräumt war. Die Zimmermädchen kannten seinen Fahrplan: Gegen Mittag aufstehen, hinaus in die Berge, zurück gegen 2.

Er fragte sich, ob die schlanke Brünette noch auf der Etage Dienst tat. Vielleicht wäre es ganz interessant, eines Tages im Zimmer zu bleiben und sie ein bißchen auf die Probe zu stellen. Als er es das letztemal versucht hatte, da hatte sie ihm eine Ohrfeige gegeben. Roy zuckte mit den Schultern. Warum ärgern, wenn es so viele gab, die keinen Widerstand leisteten?

Er warf sich aufs Bett und versuchte zu schlafen. Er döste eine Weile, dann zog er sich aus. Er legte sich nackt auf den Rücken und sank schließlich in einen traumerfüllten Schlaf, in dem die Phantasiebilder ihn quälten. Er stöhnte, aber er wußte nicht, daß er es tat.

Er lag auf einem Operationstisch. Gesichtslose Roboter beugten sich über ihn. Als sie an ihm arbeiteten, hörte er irgendein Surren. Es wurde lauter ...

Roy öffnete die Augen und starrte gegen die weiße Zimmerdecke. Das Surren oder was es war, kam von der Zimmertür. Noch groggy schaute er auf den Wecker. Es war 6 Uhr. Er setzte sich auf, er hatte einen üblen Gschmack im Mund. Das Surren hörte er wieder. »All right, ich komme!« sagte er. Er ging zur Tür und merkte erst dort, daß er nackt war. »Wer ist da?«

»Jewel.«

Er erinnerte sich an die Verabredung. »Okay. Einen Augenblick, ich muß erst etwas anziehen.« Sekunden später hatte er einen seidenen Schlafmantel übergezogen und öffnete die Tür. »Hey. Komm' herein!«

Jewels Kleid war um die Hüften und Brüste viel zu eng. Es war tief ausgeschnitten, es hatte eine imitierte weiße Rose am

Ende des Ausschnitts. Es war wohl ihr Sonntagskleid, und sie sah darin aus, als wäre sie eine Hure.

Sie lächelte... »Du sagtest, ich solle um 6 heraufkommen.«

»Ich war eingeschlafen. Setz dich! Trinkst du etwas? Dort stehen Flaschen in der Ecke. Ich muß mich nur etwas frisch machen.« Als er zurückkam, saß sie vor einem Glas, das etwa ein Viertel mit Whisky gefüllt war.

Roy goß sich selbst ein und setzte sich dann zu ihr an das Fenster, durch das man die Berge sehen konnte. Gewöhnlich regte ihn der Anblick der Claw-Summit-Abfahrt auf. Jetzt wandte er den Blick ab. Er setzte sich auf das breite Sofa. »Setze dich doch neben mich!«

Sie ging zu ihm. »Ich mag diesen Platz. Es ist eine wunderschöne Aussicht.«

Roy trank einens Schluck Whisky und schüttelte sich, als der Alkohol in seinem Magen kam.

»Warum trinkst du soviel?« Jewel nippte an ihrem Drink.

»Es ist die einzige Möglichkeit, um in Form zu kommen. Danach geht alles leichter. Es ist gewissermaßen mein Betriebsstoff.«

»Wirst du nicht betrunken?«

»O ja. Meistens. Aber der Alkohol beruhigt so schön. Es macht auch Spaß.«

Jewel ächelte. »Wenn du es sagst...«

Roy beobachtete das Heben und Senken ihrer enormen Brüste. Sie wußte es und sie wollte ihm einen Gefallen tun – sie holte tief Luft. »Sehr hübsch«, stellte er ruhig fest, dann griff er hinüber und legte seine Hand fest auf ihre linke Brust. Das Kleid zerknitterte.

Sie lachte. »Besten Dank, sehr gütig, der Herr.«

Roy wandte sich zu ihr und küßte ihre roten Lippen. Ein paar Augenblicke später, als sein Mund auf ihrem Hals war, glitt seine Hand in den Ausschnitt, und er entdeckte, daß Jewel sich gar nicht die Mühe gemacht hatte, einen Büstenhalter anzuziehen. Er war wieder erstaunt über die Größe ihrer Brust, die sich wundervoll warm und aufregend anfühlte.

Sie stöhnte: »Laß uns ins Schlafzimmer gehen, Schatz! Du hast meinen Motor ins Laufen gebracht...«

Roy half ihr auf, und sie küßten sich auf dem Weg ins Schlafzimmer. Er fühlte sich wieder prächtig, die Wärme in seinem Magen schien sich auf seinen ganzen Körper ausgedehnt zu haben. Er genoß die Erregung, die ihn immer überkam, wenn irgend jemand bereit war, sich von ihm lieben zu lassen. Besonders dann, wenn er die Frau das erstemal besaß, war es schön.

Nackt war Jewel eine Amazone, ein Weib jenseits aller Phantasie, eine Frau, die aus einem weißen Stein herausgehauen schien. Sie legte sich auf das Bett und sie füllte es aus. Ein Lächeln stand auf ihrem Gesicht und ihre Hüften bewegten sich, sie wartete auf ihn. »Roy, Liebling, bitte ...«, murmelte sie halblaut, während sie eine Hand nach ihm ausstreckte.

Als es anfing, warf sich Jewel hin und her, sie schnaufte wie ein wildes Tier, sie war primitiv, ihre Liebe war fast zu einfach. Aber die Stärke ihres Körpers war unglaublich, und Roy lachte laut, als er auf ihr lag. Sie öffnete die Augen und runzelte die Stirn. »Was ist denn so spaßig?« Er biß sich auf die Zunge.

»He, hepp, Pferdchen!«

Jewels Gelächter bewegte ihre riesigen Brüste. »Okay, Cowboy! Laß uns sehen, wer wen besiegt. Bis jetzt ist niemand bei mir sehr lange im Sattel geblieben. Bist du bereit?«

Es kam Roy vor, als ginge ein leidenschaftlicher Sturm über ihn hinweg. Es war eine Explosion, und als sie ihre Beine um seinen Rücken schlang, zerbrach sie ihm fast die Rippen. Er spürte, wie unglaublich erregt er war. Und selbst der Laut, den sie ausstieß, als sie merkte, daß er kam, war anders als bei anderen Frauen: er war lauter, er war tiefer, leidenschaftlicher, wilder.

Sie verbrachten den ganzen Abend zusammen, sie tranken, sie aßen, sie liebten sich. Jewel war unersättlich, und was ihr Körper bot, erlaubte Roy, mehrmals zu kommen. Als sie sich schließlich geduscht und angezogen hatte, als sie gegangen war, war er erledigt. Viel mehr erledigt als je vom Alkohol.

Er lag auf dem Bett, er starrte gegen die Decke und er balancierte ein Whiskyglas auf seiner Brust. Er konnte Jewel in den Kissen und Laken immer noch riechen. Sie war gut gewesen, sehr gut. Und sie würde gut sein, wenn er jemals wieder Lust auf sie hatte.

Es war erst 11 Uhr. Er dachte an die Party für Billy, Myras

Freund. Billy trug eine Brille, eine Perücke, er war ein Nichts in Roys Augen. Er war mager, und seine Gemälde waren genauso bemitleidenswert wie sein Skifahren. Die Party interessierte ihn nicht sehr, trotzdem stand Roy auf und verließ das warme Bett.

Ach, zum Teufel, es war wenigstens etwas. Man mußte ja etwas tun. Es war besser, als mit seinen Gedanken allein zu sein. Alles war besser als das.

12

Eine Woche später saß Roy mit einem leidenschaftlichen kleinen Hürchen namens Vicky in einer Grotte im Lair. Plötzlich richtete er sich auf. Er sah in den nicht allzu hellen Raum und sah ein Mädchen, das er begehrte. Vicky, neben ihm, interessierte ihn nicht. Sie war halbbetrunken und eine ihrer kleinen Brüste rutschte fast aus dem Cocktailkleid. Ihre Lippen waren verschmiert, und sie lehnte ihren Kopf gegen das gestreifte Kunstleder.

Roy war gelangweilt. Er wollte irgend etwas tun. Er nahm Vickys Hand von seinen Schenkeln und lehnte sich etwas vor, um besser sehen zu können; die Fackeln an den Wänden tauchten das Lair in einen orangefarbenen Schimmer. Das Mädchen, das er haben wollte, saß an einem Tisch ungefähr acht bis zehn Meter von der Grotte entfernt. Er konnte sie nicht ganz genau sehen, aber sie sah gut aus. Es war jener aschblonde, aristokratische Typ: Feine Gesichtszüge, schmale Hände, Grazie, Charme – und sicher ausgezeichnet erzogen. Sie trug ein einfaches, teures schwarzes Kleid, mit ganz wenig Schmuck. Sie war schlank, und ihre Beine waren gebräunt.

Roy achtete nicht besonders auf ihren Begleiter. Der Mann war jung und gutaussehend, das war alles, was er nebenbei bemerkte.

Roy trat aus der Grotte und wartete, bis der Fußboden nicht mehr schwankte. Er konzentrierte sich auf seine Füße. Er beobachtete, wie sie vorwärtsschritten ... nach links ... nach rechts ... er wollte es bis zu dem Tisch des Mädchens schaffen. Links ... rechts ...

Sie hatte keinen großen Busen, aber das hat dieser kühle Typ selten. Sie gleichen es durch die Wildheit ihrer Liebe aus. Die flachbrüstigen Mädchen, die er in der Vergangenheit gekannt hatte, hatten sich meistens im Bett wie erfahrene Huren benommen.

Roy stieß gegen den Tisch und sah, daß sie leicht irritiert zu ihm aufblickte. Er lächelte verzerrt und bückte sich hinunter, er streifte fast ihre Drinks.

»Wie heißt du denn, Schätzchen?«

Sie sah ihren Begleiter an. Der Mann stand auf.

»Verschwinden Sie!«

Roy stieß gegen ihn. Der junge Mann taumelte und fiel in seinen Stuhl. Roy wandte sich wieder an das Mädchen: »Du gefällst mir. Wie heißt du?« Sie wandte ihr Gesicht ab, Ekel stand in ihren Augen.

Der Mann erhob sich wieder und kam um den Tisch. Roy sah breite Schultern, ein muskulöses Genick, große Fäuste. Plötzlich klingelte es in seinem Kopf, und er wußte, daß der Mann einer der besten Verteidiger eines berühmten südkalifornischen Fußballteams war. »Ich sagte, Sie sollten abhauen, ehe ich vergesse, daß Sie betrunken sind!«

Roy grinste. »Wie heißt die Kleine eigentlich?«

Er schlug zu. Er legte viel Kraft in den Schlag; er traf den Mann genau am Kinn, und der Mann ging zu Boden. Es war ein guter Schlag gewesen. Roy hatte noch nicht seine ganze Konzentration und Kondition verloren.

Das Mädchen schrie auf. »Mike!« Sie sprang auf.

Mike kam wieder hoch. Er verzog sein Gesicht. Er wußte, daß Roy in seiner Trunkenheit kein wirklicher Gegner für ihn war. Er schlug nur einmal zu, und Roy fiel um wie ein nasser Sack Zement. Sein Kopf schlug auf den Boden. Er wollte sich übergeben, aber er konnte nicht. Er wollte aufstehen, aber er fiel wieder zurück. Sein Kopf schmerzte.

Starke Arme zogen Roy hoch. Zwei Kellner halfen ihm. Der Oberkellner entschuldigte sich bei dem Paar, dann wandte er sich an Roy. »Mister Chrysler, verlassen Sie bitte das Lair! Sie sind hier nicht mehr willkommen, und ich möchte Sie bitten, auch nicht mehr hierher zu kommen.« Die Kellner begleiteten

Roy zur Tür, die Treppe hinauf und in sein Zimmer. Sie ließen ihn halb bewußtlos auf dem Bett liegen.

Er lag da, zu müde, sich zu bewegen, zu müde, etwas zu trinken. Sein Kopf tat weh. Irgend jemand klopfte schüchtern an die Tür.

»Wer ist da?« Seine Stimme klang dumpf.

Die Tür wurde geöffnet. »Ich bin's, Schatz. Wie geht es.«

Roy knurrte: »Verschwinde.«

Vicky kam zu ihm. »Er hat dich ziemlich schwer getroffen, nicht wahr?«

»Halt den Mund und hole mir ein Aspirin!«

»Sicher. Okay.«

Als sie aus dem Badezimmer mit den Tabletten und einem Glas Wasser zurückkam, warf ihr Roy einen Blick zu. »Zieh dich ganz aus! Ich will dich nackt sehen.«

»Oh, ich kann nicht bleiben, Roy, meine Zimmergenossin erwartet mich. Mitternacht ist fast vorbei. Wenn sie jemals meinen Eltern sagen würde, daß ich –«

»Du tust, was ich sage!«

»Hör mal, Roy, du weißt, ich würde es tun, aber das Mädchen paßt zu sehr auf.«

»All right. Dann verschwinde!«

»Kann ich morgen heraufkommen? Diane kommt doch erst übermorgen zurück, du hast gesagt, sie sei in Mexiko.«

»Ich habe dir gesagt, du sollst verschwinden!«

»All right, ich gehe. Ich lasse mich nicht von dir erniedrigen. Du bist nicht Gott, der Allmächtige! Du bist nur eine betrunkene männliche Hure, das ist alles. Ich habe gehört, du wärst früher ein guter Skifahrer gewesen. Jetzt bist du es nicht mehr, das ist sicher. Du könntest nicht einmal auf Skiern stehen.«

Sie rannte hinaus. Roy stöhnte, als sie die Tür zuwarf. Er hielt seinen Kopf und versuchte, nicht mehr denken zu müssen.

Alles war schiefgegangen. Diese verdammte Diane, die versucht hatte, ihn mit Geld und teuren Skiern zu ködern. Diese verdammte Helen, die ihn mit ihrem schlanken kleinen Körper eingewickelt hatte. Dieser verdammte Hank mit seiner Lust zu kämpfen! Diese verdammte Menschheit! Warum war nur alles schiefgegangen?

Schließlich gab er es auf und schlief ein.

Er erwachte am nächsten Morgen, als wieder an die Tür geklopft wurde. Seine Augen öffneten sich, er hatte einen schalen Geschmack im Mund. Sein Kopf schmerzte wieder ... oder immer noch. Es klopfte wieder.

»Roy?« Die Stimme klang bekannt. »Laß mich allein, Vicky!« schrie er.

»Roy, ich bin's, Katy. Darf ich hereinkommen?«

»Katy!?« Er spürte einen Stich in der Brust. Warum kam sie herauf zu ihm? Er setzte sich auf und stöhnte. Sein Kopf schmerzte fürchterlich.

»Roy? Bist du in Ordnung?«

Er wollte nicht, daß sie ihn so sah. »Eine Minute, bitte.«

Er glitt aus dem Bett; er ging in das Badezimmer und schloß die Tür. Er hörte sie eintreten. Er stellte die Dusche an und wusch sich. Als er sich im Spiegel sah, erschrak er über sein Aussehen. Er hatte dunkle Ringe unter den blutunterlaufenen Augen, Furchen auf seiner Stirn, er war erschreckend blaß. Sein ganzer Körper war wie gerädert. Er zog seine Kleider an, aber er wußte, daß er schrecklich aussah. Er kämmte sein Haar. Er hatte es eigentlich schon vor einem Monat schneiden lassen wollen. Keine Zeit, dachte er. Ja, bemitleide dich nur, Chrysler, bemitleide dich selbst!

Er mußte zu ihr gehen. Er putzte seine Zähne und kämmte sein Haar noch einmal. Er öffnete die Tür und betrat unsicher das Zimmer. Katy saß auf der Couch. Roy steuerte auf die Bar zu.

»Was kann ich für dich tun? Möchtest du etwas tinken?«

»Ist es dafür nicht zu früh?«

Roy sagte nichts. Er goß ein Ginglas halbvoll und sah sie dann an. Sie sah sehr gut aus. Er hatte sie lange nicht mehr gesehen. Er hatte vergessen, was für eine hübsche Frau sie war. Katy begegnete seinem Blick, und er senkte seine Augen. Er hätte den Gin gerne hinuntergekippt, aber er trank nur ein, zwei Schlucke.

»Ich habe alles von gestern abend gehört.«

Roy grinste, er rieb mit einer Hand seinen Kopf und sagte: »Es tut mir leid. Ich war betrunken.«

»Du bist während des letzten Monats fast ständig betrunken gewesen. Was ist mit dir geschehen, Roy?«

Roy trank wieder einen Schluck Gin. »Ich bin auf dem Weg in die Hölle. Wohin ich wahrscheinlich schon lange gehöre.«

Katy lehnte sich vor und sah ihn ernst an. »Das ist nicht wahr. Du scheinst nur die Absicht zu haben, dich selbst zu ruinieren. Warum?«

Roy nahm einen Schluck und verzog das Gesicht. »Bist du immer noch in mich verliebt, Katy? Hältst du mich immer noch für einen geeigneten Ehemann?«

Sie lehnte sich zurück und sah auf ihre Hände. »Ja, du gehörst immer noch in meine Pläne. Ich weiß, daß du ein wundervoller Mann sein könntest. Ich weiß, was du alles sein könntest, was du bist, wieviel Talent du hast, aber du vergeudest alles.«

»Fang nicht wieder mit dem alten Singsang an! Ich habe ihn so oft gehört, vor dir, von dir, von den Chefs, von Leuten in fünf Skizentren. Sogar Diane und Max jammern es mir immer wieder vor.«

»Und stimmst du nicht mit uns überein?«

»Ja und nein. Vielleicht habe ich Talent. Vielleicht tauge ich zu etwas. Na und? Irgendwann werde ich doch sterben. Ich möchte gar nicht hundert Jahre lang leben, gewissermaßen als Belohnung dafür, weil ich irgend etwas Besonderes tue. Etwas, das ihr alle von mir erwartet.«

»Aber siehst du nicht –«

»Man kann es so und so sehen. Ihr, die Lehrer, die Bosse, ihr alle wollt etwas von mir. Ihr wollt mich alle benutzen, ausnutzen. Und wenn ich eure Spielchen nicht mitspiele, dann verdammt ihr mich in Grund und Boden.« Roy schnaufte verächtlich und trank sein Glas leer. »Ihr denkt, ich müßte alles tun, was ihr von mir wollt. Ich bin euch unbequem, weil ich anders bin.«

»Du bist ein Narr.« Katy sprang auf. »Ich dachte, du hättest endgültig genug. Ich dachte, du würdest sehen –« Sie kämpfte mit den Tränen. »Mr. Chrysler, die Lodge hat eine Verpflichtung ihren Gästen gegenüber. Nach dem letzten Abend müssen wir Sie ersuchen, dem Lair fern zu bleiben. Sie sind kein willkommener Gast mehr.«

»Ich weiß! Ich weiß! Man hat es mir schon gesagt.«

»Sie müssen sich Ihre Hürchen anderswo suchen.«

»Das ist es, was dich am meisten quält, nicht wahr? Die anderen Frauen. Du hältst dich immer noch für die Nummer eins auf meiner Liste.«

»Du Egoist! Ich möchte dich jetzt nicht mehr für geschenkt haben, nach dem, was aus dir geworden ist!«

»Und ich habe deinen Heiligenschein schon lange satt! Du bist auch nicht besser als die anderen Mädchen, die ich in der letzten Zeit gehabt habe! Vielleicht sogar noch schlechter, denn keine von ihnen, die ich umgelegt habe, hat darum gebettelt, geheiratet zu werden. Oder sich vorgestellt, ich würde sie wirklich lieben. Ich bin sogar sicher, daß keine mich geliebt hat.«

»Ich habe es auch niemals getan!« stieß Katy wütend hervor.

»Na, komm schon! Du liebst mich doch immer noch. Ich könnte dich jetzt sogar haben, wenn ich nur wollte. Auf dem Fußboden, auf dem Tisch ... irgendwo. Und wenn ich es täte, dann würdest du deine Seele dem Teufel verkaufen, nur weil ich es mit dir mache.«

»Du bist schmutzig! Du bist völlig vertiert, du bist pervertiert, verdammt, ein richtiges Tier!«

»Du hast noch ein paar Ausdrücke vergessen. Soll ich sie dir sagen?«

»Wird es dir nicht schlecht, wenn du in den Spiegel schaust?«

»Spiegel können täuschen. Aber du schaust in die Vergangenheit. Täuscht sie dich?«

»O ja! Du benutzt deine mysteriöse Vergangenheit, um dich damit zu rechtfertigen. Du erklärst der Welt: Ich habe ein Trauma, meine verdammte Jugend, ich habe eine Vergangenheit, die mich zwingt, alles zu tun ... und jetzt die Endaufführung.«

Roy stellte sein Glas sachte auf die Bar. »Du möchtest also wissen, was wirklich passiert ist? Setz dich. Ich werde es dir erzählen!«

Katy starrte ihn an und setzte sich langsam auf die Couch.

Roy ging hin und her. »Ich war neunzehn, ein Anfänger auf dem College. Es ging alles großartig. Ich machte ein ausgezeichnetes Examen, ich hatte eine wunderbare Zukunft als Architekt vor mir. Meine Eltern waren großartige Leute; sie liebten mich, und ich liebte sie. Wir hatten ein herrliches Haus, zwei Autos, ein Flugzeug.«

Roys Finger verkrampften sich ineinander. »Eines Tages waren sie zu einem kurzen Urlaub in Nevada, und ich fuhr zum Santa-Monica-Flughafen, um sie abzuholen. Dad war ein ausgezeichneter Flieger. Er hatte die Cessna ruhig in der Hand. Und das Flugzeug war in Ordnung.«

Roy blieb stehen und starrte gegen die Wand. Er stieß seine Fäuste in die Taschen. Sein Körper zitterte.

»Da waren sie dann hoch am Himmel, sie glitten dahin, Wolken...« Seine Stimme brach. »Und dann passierte etwas, das in Millionen Fällen nur einmal passiert, der Wind aus den Cañons überfiel sie...«

Er sank auf seine Knie, er weinte wie ein Baby. Er bedeckte sein Gesicht mit seinen flachen Händen, er bewegte sich hin und her.

Katy ging zu ihm. »O Roy, es tut mir so leid! Es tut mir so leid!«

»Sie stürzten ab. Das Flugzeug trudelte. Ich rannte! Ich rannte, aber ich kam natürlich zu spät.« Roy schlug seine Fäuste wieder gegen seinen Kopf. »Sie verbrannten, sie VERBRANNTEN, sie VERBRANNTEN!« Er warf sich gegen Katy, umschlang sie mit beiden Armen und weinte. »Ich konnte sie schreien hören, als sie verbrannten!«

Er hielt sie fest, er legte seinen Kopf auf ihre Schulter und weinte.

Schließlich hatte sich Roy wieder gefangen und stand auf. Er ging zur Bar und goß sich noch einen Gin ein. »Es tut mir leid, ich hätte nicht gedacht, daß es mich noch einmal so packen würde. Es ist lange her.«

»Du brauchst dich nicht zu schämen. Susan und ich verloren meine Eltern auch bei einem Unfall.«

»Ich wußte es nicht. Wie?«

»Auf der Autobahn. Es war etwas, das jeden Tag passiert.«

Roy wollte etwas sagen, er hielt inne, aber nach einer Weile fragte er: »Möchtest du etwas trinken?«

»Nein. Ich will mich nicht kaputtmachen.«
»Kaputtmachen! Komm doch nicht immer mit solchen Sachen. Ich habe gesehen, was Leben ist, als mein Vater und meine Mutter starben. Ich habe genau herausgefunden, daß es keinen Pfennig wert ist. Ich habe noch viel mehr erfahren. Das Haus war noch nicht bezahlt, der Wagen war auf Kredit, das Flugzeug war auch noch nicht bezahlt. Sie hatten keine Versicherung. Es war gerade genug da, um sie zu begraben. Ich mußte von der Universität gehen . . .«
»Ich kann es nicht glauben. Wenn du gewollt hättest –«
»Das ist es ja. Ich wollte nicht mehr. Was für einen Zweck hätte es gehabt? Ich habe den harten Weg des Lebens kennengelernt; wie es beginnt, wie es endet.«
Er schnippte mit den Fingern.
»Es gibt doch keine Gerechtigkeit! Ein kleiner Windstoß, und das Leben ist zu Ende, und du hast nie mehr eine Zukunft.«
»Wenn sich jeder so fühlen würde –«
»Die meisten verstecken sich vor der Wahrheit.«
Katy schien irritiert. »Armer, armer Roy. So voller Selbstmitleit!«
Er grinste grimmig. »Es ist die beste Art.«
»Das kannst du haben.«
»Katy, es macht mir nichts aus. Siehst du denn nicht? Die Reichen und die Armen – alle sterben. Auch die Konservativen und die Revolutionäre. Und Tugend ist kein Schild gegen einen Unfall, gegen das Schicksal, gegen Gott, gegen was auch immer. Warum also nicht ein bißchen Spaß haben? Man lebt nur einmal. Oder bist du anderer Meinung?«
»Das ist richtig. Aber ebenso wichtig ist es, wie man lebt. Außerdem habe ich nicht das Gefühl, daß das, was du tust, Spaß ist. Du siehst nicht sehr glücklich aus.«
»Oh, ich bin glücklich. Du kannst es mir glauben, ich bin glücklich. Ich habe Spaß, Freude, Spaß!«
»Du fühlst dich miserabel und du weißt es. Roy, warum gibst du das alles nicht auf? Ich kann verstehen, warum du das tust, aber du mußt doch einsehen, daß es dich nicht weiterbringt. Es ist nicht die richtige Art zu leben.«
Roy sah an ihr vorbei. Er schien zu zögern.

»Katy –«

»Ich brauche dich, Roy.«

Sein Gesicht verhärtete sich.

»Ja. Ich hätte fast vergessen, daß du mich brauchst. Du liebst mich, du brauchst mich, deswegen bin ich dir verpflichtet. Eine sehr feine Philosophie . . . für dich!«

»Ich laß dich jetzt allein.«

Sie ging zur Tür.

»Aber vergiß nicht, Roy, daß ich dich liebe und dich brauche, und du brauchst mich.«

»Ich brauche niemanden. Und du solltest es besser lassen, es würde dir nur weh tun. Ich brauchte meine Eltern, und sie starben. Du brauchst mich, und ich muß dir weh tun. Was soll es also?«

Katy lächelte traurig. »Du mußt irgend jemanden haben.«

»Ich habe mich. Und nun scher' dich hinaus! Scher' dich aus meinem Leben und bleib weg!«

»Ich werde dich niemals aufgeben, Roy. Ich liebe dich.«

»Raus!!!«

Er griff nach einer Flasche und hob sie hoch. Katy ging hinaus, ohne noch etwas zu sagen.

Roy starrte eine Minute lang auf die geschlossene Tür, dann brummte er etwas vor sich hin und trank sein Glas aus. Er füllte es wieder, er sah sein Bild im Spiegel und zuckte zusammen. Er schloß die Augen und warf das Glas gegen den Spiegel. Die Bruchstücke fielen klirrend zu Boden.

Roy brütete den Rest des Tages vor sich hin. Er hatte sich Essen heraufbringen lassen und ließ es stehen. Er trank immer weiter, er beobachtete die Skifahrer durch das große Fenster von der Couch aus und beschimpfte sie, wenn sie Fehler machten. Und sie machten eine Menge Fehler. Als die Dämmerung kam, machte er das Licht nicht an. Er blieb auf der Couch sitzen, starrte in die Dämmerung und fragte sich, was er mit Katy tun sollte. Hätte er sich damals nur nicht mit ihr eingelassen, damals, beim erstenmal, als ihre Brüste ihn so fasziniert hatten . . .

Er stand auf und verließ das Zimmer. Fünf Minuten später lehnte er sich gegen die Tür. Er klopfte ohne aufzuhören. »Mach auf!«

»Wer ist da?«

»Roy. Ich will mit dir sprechen.«

Er hörte, wie sie aufschloß. Dann drehte sie den Knopf und Roy torkelte ins Zimmer. Das Bett war zurückgeschlagen und zerknittert. Katy hatte ihren Pyjama an. Sie schloß die Tür.

»Was willst du, Roy?«

»Du gehst früh ins Bett.«

»Ich habe gelesen. Was willst du? Du bist betrunken!«

Es gefiel ihm, wie ihre runden und großen Brüste sich hinter dem Pyjama bewegten. Sie waren es gewesen, die ihn hergezogen hatten.

»Du solltest besser gehen. Ich werde mich mit dir unterhalten, wenn du nüchtern bist.«

Roy lachte. »Ich werde niemals wieder nüchtern werden. Heute habe ich es mir vorgenommen. Ich bin hergekommen, weil ich dich vögeln will, Katy. Verstehst du? Ficken! Ich bin hergekommen, weil ich dir geben will, was du wirklich haben willst.«

Katys Mund verzog sich. »Nicht so . . .«

Roy ging auf sie zu. »Doch so! Das ist genau richtig so.«

Das Mädchen ging zur Wand zurück. »Roy, nicht!«

Es gefiel ihm nicht, was er vorhatte, aber er wußte, daß er keine Wahl hatte. Er mußte sie aus seinem Leben entfernen. Er mußte ihre Liebe für ihn töten. Er zwang ein Grinsen auf seine Lippen und packte sie am Pyama.

Katy kämpfte mit ihm. Sie hatte Augen voller Anst.

»Bleib stehen«, brummte er. Er zog sie an sich, und Katy fiel gegen ihn.

»Roy, bitte nicht. Ich will nicht –«

»Es ist mir scheißegal, was du willst.«

Er umschlang mit der einen Hand ihren Hals und riß mit der anderen den Pyama über den weißen Brüsten auf. Er betrachtete sie im Licht der Bettlampen. Dann griff er danach und drückte sie. »Genau das ist es«, sagte er.

Katy schlug ihm ins Gesicht und versuchte, seiner Umarmung zu entkommen.

»Du bist ekelhaft«, stieß sie hervor, während sie sich wehrte. Sie wehrte sich noch, als Roy begann, sie gegen das Bett zu schieben. Aber obwohl sie ihre Anstrengung verdoppelte, wußte sie, daß sie keine Chance gegen ihn hatte. Sie stieß hervor: »Du kannst mich nicht zwingen. Du tust es auch nicht...«

Roy schnaufte und hielt ihre Handgelenke auf dem Rücken fest, während er das Gummiband ihrer Pyjamahose zerriß. Die Hose fiel über ihre Beine auf den Boden.

Katy schluchzte und drehte ihr Gesicht von einer Seite zur anderen, als sie merkte, daß sie völlig nackt war. Während er seine Hand über ihre Hüfte und ihren sanft gerundeten Leib bewegte, weinte sie. Er streichelte sie ein paar Minuten lang, weil er wußte, daß es sie erregte, und weil er hoffte, daß es die Liebe verstärken würde, die sie für ihn empfand.

Er ging zur Tür und sah zu ihr zurück.

»Weißt du was! Du bist eine Niete im Bett.«

Er drehte sich um und ließ die Tür hinter sich geöffnet. Selbst im Flur verfolgte ihn Katys Weinen...

13

Am nächsten Sonntagnachmittag fuhr Roy inmitten einer Gruppe von Anfängern eine leichte Piste hinunter. Niemand kümmerte sich um ihn; früher war es anders gewesen. Er ärgerte sich nicht darüber. Ihre ungeschickten Bewegungen verschleierten seine eigenen; er war wieder betrunken. Am Ende der leichten Piste hielt er an und ging zu einem Getränkestand. Hinter der Theke stand Dave Williams.

»Hallo Roy! Was machst du denn hier bei diesen Anfängern?«

Roy versuchte, sich nichts anmerken zu lassen.

»Und was machst du hier draußen?«

Dave merkte, daß Roys Stimme schwankte.

»Sie schmissen mich vor einer Woche aus dem Lair hinaus. Die Ladys waren zu sehr hinter mir her. Sie boten mir hier den Job an. Sie wollten nicht, daß ich so enden sollte wie du.«

Roy schnaubte: »Was soll denn das heißen?«

»Nichts, Mann. Willst du Kaffee?«

»Hältst du mich für betrunken? Glaubst du, du könntest mich nüchtern machen?«

Dave zuckte mit den Schultern. »Du bist betrunken, schön. Von mir aus kannst du's bleiben. Und es ist mir auch egal, mit wem du's treibst.«

»Hör zu, Schwarzer, ich kann genausogut skilaufen wie immer. Noch viel besser!«

Dave richtet sich auf, seine Augen verengten sich.

»Ja, Sir, Mr. Chrysler. Ich bin absolut sicher, daß Sie es können.«

Roy wußte genau, was er getan hatte und er haßte sich dafür. Er schien von einem Teufel der Selbstverachtung besessen zu sein. Es war schon Selbstzerstörung. Er lehnte sich an die Theke.

»Du weißt, wie gern ich draußen auf dem Berg war, wie gern ich Ski gefahren bin, frei und allein! Entschuldige, ich hab' nur Spaß gemacht. Ich mach' immer Spaß. Es ist alles Quatsch.«

»Wenn Sie es sagen, Mr. Chrysler . . .«

»Du willst wissen, warum ich auf den Skiern draußen bin? Bloß um den Kerlen zu zeigen, was ich kann. Man braucht Jahre, um so etwas zu lernen – was bringt's einem ein? Nichts, verdammt noch mal, nichts. Nichts als Ärger.«

Dave ging hinter der Theke zu ein paar wartenden Kunden. Er kam nicht zurück. Roy wartet fünf Minuten lang, ehe er es merkte. Er drehte sich um und sah, daß ein Mädchen mit einer aufregenden Figur näherkam. Es war Susan Peters, Katys Schwester.

Sie erkannte ihn. »Hey, Roy. Ich habe Sie ja so lange nicht mehr gesehen!«

»Stimmt. Aber Sie erinnern sich noch an meinen Namen?«

»Na klar . . .« Sie errötete.

»Ich hab' ein gutes Namensgedächtnis. Außerdem erzählte Katy immer wieder von Ihnen, während sie zu Hause war. Allerdings in der letzten Zeit nicht mehr.« Susan runzelte die Stirn. »Sie ist sehr ruhig geworden.«

Roy stocherte weiter in der offenen Wunde.

»Was sagte sie über mich?«

»Oh, was für ein großartiger Skiläufer Sie wären . . . und wie gut Sie alles machen würden . . . und dann sagte sie eine ganze

Menge ... ich meine, daß Sie Ihr Leben vergeuden würden ...«, Susans klare, blaue Augen waren plötzlich verstört.
»Was ist mit Ihnen beiden los?«
»Das ist eine lange Geschichte.«
»Ja, das hat sie auch gesagt. Und dann ist sie aus dem Zimmer gegangen und hat geweint.«

Roy spürte, wie sein Herz schneller schlug. Er mußte über etwas anderes sprechen.
»Was macht Ihr Skiunterricht?«
»Ach! Es geht zu langsam voran.«
»Lassen Sie den Kopf nicht hängen. Sie werden eines Tages noch viel besser laufen als ich.«
»Aber nur vielleicht. Katy sagte, Sie seien der Beste in der ganzen Gegend.«
»Ich war es einmal.«
»Was meinen Sie?«
»Nichts. Ich bin nur ein bißchen eingerostet.«

Er starrte in ihr süßes junges Gesicht, das ihn so sehr an Katy erinnerte, auf den prall gefüllten Pullover, die langen Beine in den braunen Skihosen.

Roy schenkte ihr sein schönstes Lächeln.
»Wie alt sind Sie, Susan?«
Das Mädchen errötete.
»Über Achtzehn.«
»Also alt genug, um mit mir einen Drink zu nehmen, ja?«
Ihre Augen weiteten sich.
»Wundervoll! Ja!« Sie zog seufzend ihre Nase kraus.
»Katy behandelt mich immer wie ein Baby. Nichts darf ich tun. Ich glaube, sie hat Angst, daß ich einmal in Schwierigkeiten komme oder so. Aber ich kann genausogut auf mich aufpassen wie jede andere.«

Roy grinste. »Das ist richtig. Je eher Sie die Dinge für sich selbst entscheiden, desto früher werden Sie sie beherrschen.«

Susan warf ihm einen begeisterten Blick zu. »Oh, o Roy, das ist das erstemal, daß man so mit mir spricht. Es ist schrecklich nett von Ihnen.«

Er nahm ihren Arm. »Es gibt immer ein erstesmal, wie man so sagt.«

Roy hoffte nur, daß sie Katy nicht begegneten.

»Weiß Ihre Schwester, daß Sie heute hier sind?«

»Jaja. Sie sagte, sie hätte eine Menge zu tun.«

Roy nickte und brachte das Mädchen auf sein Zimmer. Sie setzte sich sofort auf die Couch und plapperte los.

»Ach, ist das nett hier.«

Roy zog die Windjacke aus und ging an die tragbare Bar. »Was möchten Sie haben? Whisky, Gin, Brandy, Scotch, Rum?«

»Könnte ich einen Whisky mit Cola haben? Ein Mädchen auf unserer Schule sagte, das sei so gut.«

»Kommt sofort, meine Dame!«

Sie zog den Pullover über den Kopf. Roy beobachtete, wie sich ihre jungen, vollen Brüste gegen die dünne weiße Bluse preßten, als sie die Arme hochnahm. Dann kam Susans Kopf wieder zum Vorschein.

»Wenn Katy mich so sähe, käme sie bestimmt auf schlechte Gedanken.«

Roy grinste und gab ihr den Drink.

»Ich glaube nicht, daß man einen Pullover als Kleidung ansehen kann.«

»Aber allein der Gedanke, daß ich hier mit Ihnen allein bin, würde sie verrückt machen. Sie ist ja so eifersüchtig!«

»Warum?«

Roy setzte sich mit seinem Glas neben sie auf die Couch.

Susan nahm einen Schluck und verzog das Gesicht.

»Oha! Keiner hat mir gesagt, daß das so stark sein würde!«

»Warum könnte Katy eifersüchtig sein?« fragte Roy wieder.

»Weil sie Sie so sehr liebt und weil sie weiß, daß Sie mit anderen Mädchen gehen.«

Susan nahm einen zweiten Schluck und leckte mit ihrer Zunge über ihre Lippen. »Ich glaube, sie hat Angst, daß einmal eine kommt und Sie von ihr wegnimmt.«

Roy lächelte. »Das ist durchaus möglich. Ich bin nur ein Mann.«

»Schon am ersten Tag, als wir uns sahen, warnte mich Katy vor Ihnen. Ich sollte mich nur nicht mit Ihnen einlassen. Sie merkte sicher, wie gut Sie mir gefielen, denke ich.«

Roy strich ihr über die Haare. »Vielleicht hätten Sie besser auf sie hören sollen. Ich habe einen ziemlich schlechten Ruf – was Frauen angeht. Sie wollte Sie wahrscheinlich nur vor mir beschützen.«

Susan trank wieder und ihre Wangen röteten sich. »Ach, sie ist auch nicht ohne. Damals, als ich ins Zimemr kam ... ich konnte doch sehen, wie sie aussah, und daß das Bett ganz zerwühlt war. So dumm bin ich nicht. Sie sollte das tun, worüber sie redet, oder sie sollte aufhören, mich immer vor den Männern zu warnen.«

Roy war amüsiert. Alles lief prächtig. Katy würde endlich aufhören, ihn zu lieben, und er würde sich nicht mehr quälen, wenn er an sie dachte.

»Gehen Sie mit Jungen aus, Susan?«

»Aber klar.«

»Und die Jungen küssen Sie auch?«

Sie kicherte. »Natürlich.«

Roys Neugierde wuchs. »Und Sie lassen sich auch manchmal streicheln?«

»Ja, manchmal«, murmelte Susan errötend.

»Okay. Wenn Sie schon soviel erfahren haben, dann kann ich Sie auch wie einen Erwachsenen behandeln.«

Susan war glücklich. »Klasse!« Dann sah sie Roy nervös an.

»Keine Angst, ich mache keinen Versuch.«

Susan schien erleichtert und enttäuscht.

»Ich habe keine Angst.«

Roy gab ihr sein Glas. »Hier, versuchen Sie mal das. Es ist Gin mit Selters. Es wird Ihnen sicher besser schmecken als der Whisky.« Er stand auf.

»Entschuldigen Sie mich einen Augenblick, ja? Ich möchte nur schnell anrufen!«

»Sicher. Oh, das schmeckt aber prima.«

Roy nahm den Telefonapparat mit ins Schlafzimmer und schloß die Tür. Er wählte die Vermittlung. »Katy Peters, bitte.«

Ein paar Sekunden später meldete sie sich.

»Miss Peters.«

Roy verstellte seine Stimme, sie klang nun, als sei er wirklich sehr betrunken.

»Hey, Katy, willste nich' komm', hier ist 'ne Party. Willste nich' mitmachen?«

»Wer spricht?«

»Oh ... das weißte doch. Ich hab' dich doch gestern abend besucht.«

»Roy, ich möchte nicht gestört werden, wenn ich arbeite. Und selbst wenn ich wollte, könnte ich nicht zu deiner Saufparty kommen.«

»Okay, das ist schlecht. Ich hab' Susan ja gesagt, du könntest nicht, aber sie wollte –«

»Sagtest du Susan?« schrie Katy. »Meine Susan?«

»Klar, Katy, deine Susan. Ich dachte, ich dachte ... ich dachte, es bleibt so in der Familie.«

Ein Wutschrei antwortete ihm, dann hörte er das Zeichen der Vermittlung. Roy lachte und ging ins Zimmer zurück, in dem das hübsche junge Mädchen sich mit Gin beschäftigte. Sie lächelte, als er sich zu ihr setzte, und er wußte, daß es gleich losgehen würde. Die Tür war nicht verschlossen und das Licht war ausgezeichnet. Und nun brauchte er Susan nur noch richtig in die Dekoration setzen.

»Ich hab' darüber nachgedacht, was Sie sagten, Roy«, meinte das Mädchen. »Wenn Sie mich wirlich als Erwachsene behandeln wollen, dann sollte ich mich auch so benehmen, nicht wahr?«

»Das habe ich natürlich erwartet!«

Sie leckte die Lippen. »Eine wirkliche Frau hat keine Angst, wenn ein Mann einen Versuch macht, nicht wahr? Das wäre kindisch. Ich meine, ein Mädchen wird ja auch einmal erwachsen, ja?«

Roy sah ihr ins Gesicht und er sah, daß sie ihre Augen nicht mehr beherrschte. Der Gin hatte gewirkt. Sie lehnte sich erwartungsvoll in die Kissen zurück. Die Versuchung war groß, aber er hielt sich zurück. Verdammt noch mal, so tief war er noch nie gesunken. Er war noch nicht soweit, daß er unerfahrene Mädchen umlegte, Mädchen, die noch nicht wußten, was das alles bedeutete. Er legte seinen Arm um Susans Schulter und spielte mit ihrem Haar.

»Nicht so schnell, Schatz. Man muß ganz langsam vorgehen.«

Susan kicherte kindisch und nahm ihre Schultern zurück, um ihre großen Brüste noch weiter vorzuschieben.

»Ich bin doch schon ganz schön groß . . . Oder haben Sie es noch nicht bemerkt?«

Roy zückte mit den Schultern; jeden Augenblick mußte Kathy herein kommen.

»Ich habe es natürlich bemerkt«, murmelte er, während er das Mädchen in seine Arme nahm. Er legte seine Lippen auf ihren Mund, seine Hand glitt von der Schulter auf eine feste junge Brust, die nur darauf gewartet zu haben schien, gestreichelt zu werden. Und er tat es zärtlich.

»Du solltest dich besser hinlegen, Susan.«

»Hm. Noch einmal. Bitte, bitte, streichle mich.« Sie öffnete ihre feuchten Lippen und beugte ihren Kopf zurück. »Bitte, Roy, es ist ein so herrliches Gefühl.«

Roy überlegte, was für eine seltsame Situation es war. Er hatte nicht geglaubt, Susan würde so schnell bereit sein, sich ihm zu geben. Er streichelte noch mit der Hand die Spitze ihrer jungen Brust, als die Tür aufgerissen wurde, und Katy mit blassem Gesicht ins Zimmer gestürzt kam.

»Susan!«

Das Mädchen rutschte von Roy weg, als ob es sich verbrannt hätte. »Katy!«

Katy atmete schwer. »Weg von ihm! Und geh' sofort in mein Zimmer.«

Susan schluckte. »Es war doch gar nichts, Katy! Es war wirklich nichts . . .«

»Ich sagte, du solltest von ihm weggehen«, stieß Katy hervor. Sie stürzte auf das Mädchen zu und zog es zur Tür.

»Ich werde mich mit dir unterhalten, wenn wir allein sind. Jetzt tu, was ich gesagt habe!«

Susan brach in Tränen aus und rannte aus dem Zimmer. Roy lehnte sich zurück. Er lachte. »Warum hast du die Party gestört?«

Katy wollte ihren Ohren nicht trauen. »Was für ein Bastard bist du nur geworden!«

Roy wußte, daß er nun sehr dick auftragen mußte. Er begann zu lachen.

»Hör auf!« schrie sie. »Wie kannst du hier sitzen und lachen – weißt du nicht, was du getan hast?«

Sein Lachen verstummte. »Katy, die gütige Mutter! Die Glucke! Hat um ihr Hühnchen Angst! Oder bist du gar eifersüchtig?«

Sie wich zurück, als ob er ihr ins Gesicht geschlagen hätte. »Du bist ein Tier! Ich ekle mich vor dir! Ich schäme mich, daß ich mich jemals mit dir eingelassen habe. Ich schäme mich, weil ich dich geliebt habe.«

»Oh, das solltest du nicht tun. Es wird uns ja den ganzen Spaß verderben, wenn ich dich morgen abend besuche.«

Ihr Mund verzog sich, als ob sie etwas Ungenießbares geschluckt hätte.

»Ich werde morgen abend bestimmt nicht da sein. Ich werde niemals mehr da sein, wo du bist!« Sie drehte sich um und ging.

Roy starrte durch die weitgeöffnete Tür in den leeren Flur. Er saß lange Zeit still auf der Couch, dann stand er auf und schloß die Tür.

»All right, Chrysler«, sagte er laut, »nun hast du sie los. Zufrieden? Glücklich?«

Er fühlte weder das eine noch das andere. Alles was er fühlte, war, daß er etwas verloren hatte. Er stand mitten in dem luxuriösen Zimmer und fühlte sich sehr, sehr allein. Dann ging er zur Bar und füllte sich ein Glas Gin bis zum Rand.

»Prost, Chrylser. Auf die Liebe!«

14

Die Morgensonne kam durch das Schlafzimmerfenster und legte sich auf Roys Gesicht. Er erwachte, murmelte etwas vor sich hin und drehte sich wieder auf die Seite. Seine Hand tastete umher und blieb auf Dianes nacktem Leib liegen.

Sie erwachte, gähnte und sagte: »Du solltest dich heute morgen rasieren.«

Roy lächelte. Seine Augenlider waren schwer, er hatte zu wenig Schlaf gehabt. Er versuchte, sie zu ignorieren. Warum war sie aus Hollywood hergekommen?

Diane setzte sich auf; sie stützte ihren Rücken mit einem Kissen, strich durch sein Haar. »Los! Wach auf!«

»Laß mich in Ruhe!«

»Es ist nach 10. Ich bin nicht bloß hergekommen, um zu trinken und zu schlafen.« Ihre Hand streichelte seine Brust und seinen Arm. »Komm, Roy! Wach auf!«

»Ich bin fertig«, murmelte er. »Laß mich schlafen.«

Sie sagte leise: »Ich bezahle dich nicht, daß du schläfst. Ich bezahle dich, damit ich Spaß mit dir habe, wenn ich Spaß haben will.«

Roy hob den Kopf. Seine Augen waren verquollen und gerötete. Er rieb seinen zwei Tage alten Stoppelbart. »Ich hab' einen Kater. Können wir es nicht später machen?«

»Nein, Roy, jetzt! Du weißt, daß ich es gern morgens mache. Ich habe dir gesagt, du sollst dich nicht vollaufen lassen. Ich hab' gehört, daß du die ganze Zeit über gesoffen hast.«

»Ich wache nüchtern auf . . . und dann kommst du mir mit so einem Quatsch!«

»Du bist nicht wert, daß man anständig mit dir redet!«

»All right!« Er streckte eine Hand aus und begann über ihre nackten Brüste zu streicheln. Diane stieß seine Hand weg.

»Du stehst auf, rasierst dich, duscht, und putzt dir zuerst einmal deine Zähne. Du siehst aus wie ein Herumtreiber!«

»Dann laß mir meine Ruhe.« Er legte sich auf seinen Bauch und zog die Bettdecke über sich.

»Was ist eigentlich mit dir los? Warum säufst du soviel? Deine Kleider sind schmutzig und nicht gebügelt. Du siehst aus wie ein Kater, der sich im Dreck gewälzt hat. Du läufst nicht einmal mehr Ski.«

Roy versuchte, nicht auf ihr Gerede zu hören.

»Dreh' dich rum und zieh' dich an! Ich verlange von dir, daß du dich in Ordnung bringst! Sofort!«

»Okay, okay. Bloß noch eine Stunde . . .«

Diane strich ihr langes blondes Haar aus dem Gesicht.

»Ich hab' eine Menge gestern abend gehört, Roy. Ich habe Freunde hier. Man hat mir erzählt, daß du erst richtig zu saufen angefangen hättest, als Katy Peters ihre Stellung aufgegeben hätte . . .«

Roy lag sehr still und hielt seine Augen geschlossen. Nein, nein, nein – das durfte nicht sein!

»Warst du in sie verliebt? Hast du mit ihr geschlafen?«

Er gab keine Antwort. Irgendein Schmerz war in ihm. Wenn er betrunken war, spürte er ihn nicht. Aber wenn er nüchtern war, war die Quälerei kaum auszuhalten.

»Hast du sie geliebt?«

Er warf die Bettdecke weg und sprang aus dem Bett, stellte sich nackt vor sie hin und schrie: »Nein! Ich liebe keinen Menschen! Zufrieden?«

Er ging in das Wohnzimmer und goß sich Gin ein.

Ihre Augen verengeten sich. »Laß das!«

Roy stellte die Flasche hin. Gin tropfte von seinem Kinn, lief auf seinen Hals und seine Brust.

Diane sagte: »Ich glaube, wir sind am Ende. Oder?«

Roy gab keine Antwort. Er starrte auf ihren schönen nackten Körper und wunderte sich, warum er so gleichgültig blieb. Warum er sich nicht erregte. Es war doch immer so gewesen. Sie hatte sich nicht geändert. Und noch vor einem Monat wäre er glücklich gewesen, wenn er seinem Verlangen hätte nachgeben können.

Diane schüttelte den Kopf. »Das ist nicht gut für dich. Du bringst dich mit der Sauferei um.«

Roy lächelte. »Wie lustig! Du brauchtest mich so dringend. Nun sieht es so aus, als seist du wieder in Ordnung, und ich sei auf dem Wege ins Tal. Ins tiefe Tal.«

»Ich weiß. Aber es ist Zeit, Schluß zu machen. Jetzt. Gerade jetzt!«

Roy senkte den Blick. »Okay, okay. Ich will es versuchen.«

»Das hast du mir auch in der letzten Woche versprochen!«

»Ich meine es aber so.«

»Wirklich?« Sie ging ins Schlafzimmer zurück. Roy schüttelte den Kopf und goß sich wieder Gin ins Glas.

Sie rief: »Bestelle ein leichtes Frühstück! Sie sollen es raufschicken. Und wasch' dich endlich und zieh dich an. Olivia kommt gegen Mittag.«

Roy setzte sich auf die Couch. »Wer ist Olivia?«

»Du hast sie doch gestern abend kennengelernt. Die Platinblonde mit dem Pferdeschwanz. Die mit den grünen Augen und den hübschen kleinen Äpfelchen.«

»O ja...« Olivia hatte mit ihm geflirtet, erinnerte er sich. Ziemlich unverbindlich. »Sie ist die neue, die kommende Sexkönigin.«

Diane kam ins Zimmer zurück. Sie hatte ein Kleid angezogen.

»Sie wird niemals meinen Platz einnehmen. Das Studio wird ihr ganz andere Rollen geben. Ich wäre nicht mit ihr befreundet, wenn wir die gleichen Rollen spielen könnten.«

Roy konnte sich nicht an die kleinen Äpfelchen erinnern. »Hat sie Schaumgummi, was?«

Diane lächelte. »Klar. Das ist in ihren Kleidern eingenäht. Du wärest bestimmt nicht sehr interessiert.«

»Nein, ich glaube nicht.« Er stand auf und stellte die Flasche weg. »Spielt sie eine große Rolle beim Film?«

»Sie hat einen sehr guten Agenten. Er hat für sie einen Siebenjahresvertrag mit Option bekommen. Das garantiert ihr praktisch eine Million im Jahr.« Diane grinste rachsüchtig. »Aber sie hat das schwer verdienen müssen. Genau wie ich... auf dem Rücken...«

Roy rieb seine Bartstoppeln. »Willst du zuerst ins Badezimmer?«

»Nein. Geh schon!«

Etwas nach Mittag kam Olivia in die Suite. Sie trug einen leichten zweiteiligen Sonnenanzug. Roy hatte Shorts an und ein Sporthemd. Diane trug ebenfalls Shorts und eine Bluse. Roy sagte: »Hier sieht's aus wie in einer Strandkabine.« Er wies aufs Fenster. »Und mit Schnee im Hintergrund!«

Olivia strich über ihre schlanken nackten Arme. »Aber es ist wirklich nicht kalt draußen. Ich bin heute morgen über die Nordloipe gefahren und war so angezogen, aber das Skifahren war herrlich. Der Schnee war wundervoll.« Sie ging zum Fenster. »Warum versuchst du es nicht, Roy? Es würde dir bestimmt gefallen.«

»Ich laufe nicht mehr viel Ski.«

Er betrachtete Olivia genauer. Sie hatte etwas Verführerisches. Er war Dianes wegen nicht sehr besorgt, aber er mußte an die Zukunft denken. Und Diane war seiner müde. Er mußte sich in ein anderes warmes Nest setzen.

Diane sagte: »Warum gehst du nicht in die Berge, Roy? Olivia und ich werden uns ein paar Stunden in die Sonne legen.«

»Nein ... ich werde lieber etwas lesen.«

Diane runzelte die Stirn und schaute auf die tragbare Bar. »Trink nicht soviel.«

»Keine Bange!«

Die beiden jungen Frauen gingen hinaus. Roy versuchte zu lesen, aber er konnte sich nicht konzentrieren. Er fragte sich, was aus Helen und Hank geworden war. Und was Katy in Pasadena tat – ob sie wohl einen Skiladen hatte? War sie – nein, er wollte nicht mehr an sie denken. Er begann zu schwitzen. Er durfte nicht an sie denken.

Er stand schnell auf und griff nach der Flasche.

Nein ... er mußte ... mußte in Form bleiben. Er durfte nicht soviel trinken. Er ging im Zimmer auf und ab. Mit dem Skifahren war es aus. Es war einen Monat her, seitdem er zum letztenmal auf Skiern gestanden hatte. Sie standen nun in dem großen Schrank, eine ständige Erinnerung an die Vergangenheit. Roy dachte wieder an Olivia. Es gab keinen Zweifel: Sie war an ihm interessiert. Er zog eine gestreife Badehose an und verließ das Apartment. Er ging die Treppe hinauf zum Solarium. Die Sonne schien durch das Glasdach und war sehr warm. Er lächelte bei dem Gedanken, was damals mit Helen hier geschehen war. Zuerst sie, dann sie noch einmal und dann die beiden jungen Leute. Jede Kabine war mit einer Tür aus Bambus versehen. Nun sah er es ganz deutlich. Damals war es dunkel gewesen. Er lächelte. Er wollte die erste Tür öffnen. Aber er sah ein Schild: »Besetzt!« Man konnte nicht sehen, wer in der Kabine war. Er hörte Dianes Stimme. »Ich werde mich ganz ausziehen.«

Olivia antwortete aus der Kabine nebenan. »Eine gute Idee.«

Roy ging auf Zehenspitzen zur Tür, öffnete sie und schlüpfte hinein, die Finger auf den Lippen. Die schlanke Blondine drehte sich schnell um, schaute, sagte aber kein Wort, als sie sah, wer es war. Sie lächelte, ihre grünen Augen leuchteten, augenscheinlich genoß sie die Situation. Er setzte sich und sah, daß sie mit einem großen Handtuch bedeckt war.

Dianes Stimme klang nah. »Die Sonne ist herrlich. Sie tut so gut.«

Olivia sah auf die Zwischenwand. »Ich werde sie noch mehr genießen, wenn ich aus diesem verdammten Badeanzug heraus bin.« Sie sah Roy bedeutungsvoll an, und er zog die dünnen Träger ihres Oberteils über die Arme. Er war nicht überrascht, als er Olivias Brüste sah, und sie schien nicht verlegen zu sein. Roy fand die kleinen Brüste aufregend und er spielte einen Augenblick lang mit ihnen, ehe er den Reißverschluß des Höschens öffnete und es über den schlanken Körper nach unten zog. Olivia streckte sich auf dem Handtuch aus und setzte die Sonnenbrille auf. Er hockte sich neben sie und begann, die schönen Kurven näher zu erforschen.

Olivia lächelte bösartig. »Diane? Kann ich dir eine ganz persönliche Frage stellen?«

»Natürlich.«

»Ist Roy ein guter Liebhaber?«

Dianes Stimme klang traurig, als sie antwortete. »Der beste, wenn er nüchtern ist.«

Roy zog eine Grimasse und mied den Blick aus Olivias grünen Augen. Olivia deutete auf seine Badehose, und er zog sie schnell aus. Die blonde Schauspielerin streckte ihre Hand aus und legte sie um sein schlaffes Roylein.

Früher, dachte er, bekam ich einen Steifen, wenn ich eine Frau nur ansah. Und jetzt . . .? Er wußte, daß es der Alkohol war . . .

Er breitete ihre Beine auseinander, so gut es auf der Bank ging. Er wollte die Liebeslippen sehen, den Eingang zu ihrer Lust, die glänzende Nässe. Es würde ihn schneller errregen.

Olivia wandte ihren Kopf wieder zur Seitenwand.

»Wie wäre es, Diane, wenn wir ihn uns teilen? Er macht's dir abends – ich lasse mich morgens erfreuen. Ob er das schafft?«

»Ich teile meine Liebhaber nicht, Schätzchen, besonders nicht so kostspielige! Aber du kannst ihn übernehmen, wenn ich ihn satthabe. Das wird bestimmt bald der Fall sein . . .«

Roy runzelte wütend die Stirn, aber Olivia winkte ab. Sie bewegte ihre halbgeschlossene Hand fest auf seinem Schnicki hin und her, bis er sich endlich aufrichtete. Dann zog sie die Haut zurück, soweit es ging, und spielte mit der Spitze ihres Zeigefingers auf dem kleinen Schlitz, bis sich ein Tropfen gebildet hatte.

Sie ließ sein Kerlchen los, sah auf, lächelte und deutete auf ihren Schoß. Und er glitt über sie, um ihre lautlose Bitte zu erfüllen.

Sie bewegte sich hin und her, bis sein Süßer tief zwischen ihren feuchten süßen Lippen verschwunden war. Ihr Atem wurde lauter.

»Was um alls in der Welt macht du?«
Olivia zuckte zusammen.
»Ich nehme nur ein bißchen Lotion!«
»Deine Stimme klingt so merkwürdig!«
»Ich – ich creme mich überall ein...«
Diane lachte. Roy bewegte sich vorsichtiger.
»Warum nimmst du dir keinen Mann, wenn es dich juckt?«
»Es juckt mich gar nicht!«
»Und dann« – sie sah Roy an – würde ich höchstens an deinen Roy denken und an seinen Dicken.«
»Du hast bestimmt nicht soviel, um ihn weich zu machen!«
»Weich? Ich – ah! – Hart will ich ihn haben. Ganz hart!«
Diane lachte.
Roy war immer noch in Olivia und er wußte, daß er sie geködert hatte. Sie hatte eine Ecke des Handtuchs in den Mund gesteckt, um keinen Laut von sich zu geben. Ihr Körper zitterte. Er wußte, daß Diane es bestimmt hören würde, wenn er weitermachte, denn wenn sie sich selbstbefriedigt hätte... – er lächelte grimmig. Einmal hatte er Diane nach ihrem Trip dabei ertappt und zugesehen. Und sie hatte keine Hemmungen gehabt, es vor seinen Augen zu tun.

Sie hatte gesagt: »Du schaffst mich ja nicht mehr! Ich brauche mehr als du mir geben kannst. Sie ruhig zu – vielleicht wird dein Ding noch malsteif...«

Es wurde nicht steif, und sie machte es zweimal hintereinander, ehe sie zufrieden ins Bett zurückfiel.

Er war noch nicht bereit, ihr Verhältnis aufzugeben. Er mußte Sicherheit haben.

Er hob sich hoch und rutschte von den rotierenden Hüften. Er streichelte ihre feuchte Scham und griff nach der Badehose. Olivia sah ihn irritiert an.

Roy beugte sich über sie und sagte, den Mund dicht an ihrem Ohr: »Das war nur ein kleiner Vorgeschmack, Olivia . . .!«

Sie wollte mit der flachen Hand nach seinem Dickerchen schlagen, aber er trat schnell zurück und verließ das Solarium.

Vielleicht, dachte er hoffnunsvoll. Und dann würde er Diane verlassen – nicht sie ihn.

Sie trafen sich zum Lunch in dem großen Speisesaal, wo Max zu ihnen kam. Er mochte Roy immer noch nicht und zeigte es ihm deutlich. »So, du hast ihn also aus dem Zimmer herausgekriegt. Hast du die Flasche nicht vergessen?«

Roy starrte ihn an. »Geh zur Hölle!« fauchte er.

Max wandte sich Olivia zu. »Ich habe von Ihrem Vertrag gehört. Ein gutes Geschäft.«

Während Max und die Mädchen über Optionen, Anteile, Angebote, Direktoren und Produzenten plauderten, ertappte sich Roy plötzlich dabei, daß er die Flügeltüren beobachtete, die zur Küche führten. Er sah die Aluminiumtische, an denen er einmal gesessen hatte. Er konnte nicht anders, er stand auf, entschuldigte sich, und ging in die Küche. Da waren so viele bekannte Gesichter. Die Kellnerinnen, die Hilfskellner, die Boten und die Mädchen, alle starrten ihn neugierig an. Ein paar sagten. »Hallo«. Jean wandte sich ihm zu. »Gäste haben in meiner Küche keinen Zutritt!«

Roy lächelte. Für die Angestellten war Roy eine Art Legende; einer aus der großen Zahl, der es geschafft hatte, Liebhaber einer berühmten Schauspielerin zu werden. Er hatte Geld, Mädchen, er hatte alles was er wollte, und so hatte er in ihren Augen einen gewissen Status und eine gewisse Bedeutung.

Jean kam zu ihm und sagte: »Scheren Sie sich raus!« Er betrachtete Roys teuren Anzug: »Sie tragen das falsche Abzeichen.«

Roy schluckte die Beleidigung. »Jean, wo ist Katy? Was hat sie getan?«

»Das geht Sie einen Dreck an! Sie kann froh sein, daß sie Sie endlich los hat.«

»Okay, okay. Aber wie geht es ihr?«

»Was haben Sie mit ihr zu tun? Wenn ich sie sehe, möchte ich Sie anspucken!« Der alte Mann wurde plötzlich weich. »Es geht ihr gut. Sie . . .« Seine dicken grauen Augenbrauen senkten sich. »Nein, lieber nicht. Sie haben ihr zu weh getan. Gehen Sie!«

Roy lächelte bitter. »Ja. Sie haben recht. Man kann die Dinge nicht mehr ändern . . . selbst wenn man es wollte.« Er ging in den Speisesaal zurück. Ein Skifahrer saß auf Roys Stuhl. Roy sah, daß es Jim Lynch war, der Profi, der Mann, den er einmal gedemütigt hatte, als sie damals – es war Monate her – die Claw-Summit-Abfahrt hinuntergefahren waren.

»Das ist mein Platz, Mister.«

Lynch sah neugierig zu ihm auf. »Man hat mich eingeladen, hier zu sitzen, Chrysler.«

»Sie erinnern sich an mich, was?«

»Ich glaube, jedermann in der Lodge kennt Ihren Namen.«

Roy wurde ärgerlich. Jedermann hatte die Absicht, ihm ein Messer in den Bauch zu stoßen.

»Wie erklären Sie sich eigentlich den Sturz, damals, als Sie versuchten, mich einzuholen?«

Lynch zuckte mit den Schultern. »Jeder stürzt einmal. Sogar Sie taten es, als Sie noch gut waren.«

Diane, Olivia, Max – sie alle beobachteten ihn lächelnd. Sie lachten über ihn! Er sagte wütend: »Ich bin immer noch gut!«

»Hören Sie auf! Sie haben seit Wochen keine Skier mehr an den Füßen gehabt. Ein Skifaher – und mag er noch so gut sein – braucht Training.«

Max sagte: »Warum laufen Sie nicht noch einmal gegen ihn, Roy?«

Diane nickte. »Los doch! Wir wollen mal sehen, wie gut du jetzt noch bist.«

»Das brauche ich nicht zu beweisen.«

Lynch grinste und blieb auf dem Stuhl sitzen.

Diane sagte: »Du hast doch keine Angst, nicht wahr, Roy? Ich habe nicht gern jemand um mich, der ein Feigling ist.«

Da war es. Sie hatte es gesagt. Sie wollte die Schnur durchschneiden.

Roy wußte, daß er noch viel Alkohol in seinem Blut hatte, daß seine Reflexe nicht die besten waren, aber er konnte nicht anders. Er hatte vielleicht noch eine kleine Chance, Diane zu halten. Er wußte aber auch, daß nur der Alkohol schuld daran war, wenn er es jetzt tat. Der Alkohol verdeckte alles. Das große Loch, das er manchmal in seinem Kopf spürte, die Schwärze vor seinen Augen. Der Alkohol betäubte die Wahrheit.

Er versuchte, ganz gerade zu stehen, aber er spürte, wie ein Nerv in seinem linken Augenlid zuckte. Er suchte nach einem Ausdruck für seine Selbstbestätigung, aber er konnte ihn nicht finden.

»Okay, Lynch, Wir wollen es ausmachen.«

Roy fühlte eine seltsame Schwäche in sich, als er neben Lynch am Start stand. Er aß ein Stück Schokolade und hoffte, es würde ihm guttun.

Aber in seinem Innern wußte er, daß es viel zu spät war.

Unten, vor der Lodge, stand eine kleine Gruppe und starrte zur Abfahrt hinauf, auf die beiden Männer hoch oben auf dem Claw-Summit. Es hatte sich schnell herumgesprochen. Diane, Olivia, Max, Eli, einige der Angestellten, die frei hatten, Gäste, die die Geschichte gehört hatten und die von der schlechten Beziehung zwischen Chrysler und Lynch wußten.

Lynch sagte: »Sie sollten erst ein Stück laufen.«

»Ich kenne die Piste genauso gut wie Sie. Ich kenne sogar die Ideallinie. Der Harsch hat sie sicher nicht allzusehr verändert.«

»Sie können nicht kalt runter. Sie sollten sich erst etwas aufwärmen. Seien Sie kein Narr!«

»Ich weiß genau, was ich tue. Suchen Sie nicht immer wieder nach Entschuldigungen, Lynch. Wenn Sie ein Trunkenbold, der keine Kondition mehr hat, am Claw-Summit schlagen kann –« Roy zwang sich zu einem Lachen.

»All right. Wie Sie wollen. Also?«

Roy nickte. »Ja. Also los.« Er sagte sich, er solle sich keine

Sorgen machen. Aber seine Beine zitterten, und er machte sich Sorgen. Die Hände in den schweren Handschuhen waren schweißnaß, als er nach den Stöcken griff.

Lynch glitt leicht über den Schnee zum Start. Roy bewegte seine Skier nervös hin und her und fuhr ihm nach. Seine Beine waren verdammt schwach!

Lynch lehnte sich vorwärts. »Bei drei?«

»Ja.« Roys Finger zitterten, als er seine Brille zurechtsetzte.

»Eins...« Lynchs Körper straffte sich. Roy fragte sich, ob er das richtige Wachs gewählt hätte.

»Zwei...« Lynch beugte sich vor.

»Drei!« Lynchs Start glich einer Explosion. Im Bruchteil einer Sekunde war er ein paar Meter weg und stürzte sich in die Tiefe. Roy stieß die Stöcke in den Schnee. Lynch lag schon weit vor ihm. Aber etwas von Roys früherer Geschicklichkeit schien zurückgekehrt zu sein. Er wußte genau, was er tun sollte, aber sein Körper reagierte nicht. Er stand unsicher auf den Skiern, er folgte Lynchs Spur, wußte, daß er nicht in ihr bleiben konnte. Der Wind rauschte. Seine Beine strafften sich. Er fühlte die zunehmende Geschwindigkeit in jedem Muskel seines Körpers. Lynch nahm leicht die nächste Kurve. Roys Gehirn befahl ihm, in der Spur zu bleiben. Er verlagerte sein Gewicht, aber er war unsicher, fast amateurhaft. Es ging ihm viel zu schnell. Lynch verschwand. Einen Augenblick dachte Roy, er sei gefallen, und er freute sich. Aber dann wußte er, daß es nur der Buckel war. Er hatte ihn vergessen! Panik überfiel ihn. Er war zu schnell! Und dann flog er durch die Luft. Er kam wieder hoch, er hatte die Balance verloren. Plötzlich waren die Bretter über ihm und er fiel. Die Bindung des linken Skiers löste sich. Er fühlte einen Schmerz und er dache, er hätte ein Bein gebrochen. Er überschlug sich ein paarmal.

Dann flog er durch die Luft und blieb still liegen. Instinktiv versuchten seine Reflexe, seinen Körper zu bewegen. Er stand auf. Er war voller Schnee, er hatte Schnee im Mund, in den Ohren, in der Nase. Seine Mütze und seine Brille waren verschwunden. Er spürte einen dumpfen Schmerz in seinem Bein, aber er wußte, daß es nicht gebrochen war. Langsam fuhr er hinunter.

Als er die Guppe erreicht hatte, sah er, daß Diane und Olivia gegangen waren. Als er die Bindungen löste, kam Max zu ihm.

»Diane sagte, Sie könnten sich nehmen, was in Ihre alte Tasche mit dem Reißverschluß paßt. Den Rest sollen Sie dalassen.«

Roys Panik und Verzweiflung kamen zurück. »Sie kann mich nicht rausschmeißen. Sie braucht mich.«

Max genoß die Situation. »Nicht mehr, mein Junge. Sie werden sich ein anderes Weibchen suchen müssen, das Ihren Schnaps bezahlt.«

»Hören Sie, Mann! Sie hatten mal gesagt, daß Sie Probeaufnahmen mit mir machen lassen wollten. Sie dachten, ich könnte in Hollywood was erreichen. Wie steht's damit?«

»Jetzt?« Max lachte. »Sie sind wohl kindisch. Junge, Sie sind erledigt!« Er beobachetet, wie Roy sein Bein massierte.

Roy stand auf. »Wo ist sie?«

»Im Lair.« Roy lief an dem Pförtner der Lair vorbei und sah Diane, Olivia und Lynch an der Bar. Sie sah ihn kommen und wandte ihm den Rücken zu. »Diane . . . ich trinke nicht mehr. Bestimmt, ich will nicht mehr trinken. Ich werde keine Flasche mehr anrühren.«

»Das ist gut für dich. Aber du wirst es nicht schaffen, den Alkohol auch nur für eine Weile aufzugeben.«

»Du kannst mich nicht rausschmeißen. Du hast gesagt, du brauchst mich! Ich werde immer für dich da sein, immer, wenn du mich brauchst. Ich schwöre es. Ich werde nichts anderes tun. Ich werde nur für dich dasein.«

Diane schwang ihren Drehstuhl herum. »Verstehst du mich nicht? Soll ich es dir einfacher sagen? All right. Ich brauche dich nicht mehr, Roy. Hau ab! Verschwinde! Fall tot um! Tu was du willst, aber belästige mich ab sofort nicht mehr!«

»Bitte, Diane. Es tut mir leid, wenn ich etwas sagte, oder etwas tat, das dich so wütend gemacht hat. Es tut mir leid!«

Sie beachtete ihn nicht mehr.

»Um Himmels willen, tu mir das nicht an!«

Sie drehte sich wieder um. »Verschwinde!«

Die Kellner kamen auf Roy zu. »Diane, ich bin fertig! Du kannst doch nicht –«

Sie wandte sich an Max.

»Hier ist der Schlüssel zum Zimmer. Geh mit und sieh, was er sich in seine kleine Tasche packt. Das ist alles. Kein Geld. Laß auf meinen Rechnungen alles streichen, was ihn betrifft.«

Max drehte sich grinsend um.

Die Kellner begleiteten Roy bis zur Tür des Lair. Fünfzehn Minuten später war er mit seiner Tasche in der Lobby, allein, von jedermann ignoriert. Die Geschichte seines letzten Rennens und der Szene im Lair hatten sich herumgesprochen. Die Skifahrer sahen ihn einen Augenblick verächtlich an, dann wandten sie sich ab.

Er saß in einer Ecke und wartete. Um 6 ging er zu Olivias Tür hinauf. Sie öffnete die Tür; sie hatte immer noch ihre Skibekleidung an, aber er sah, daß auf dem Bett ein Abendkleid lag.

Sie runzelte die Stirn. »Was willst du denn?«

Roy leckte seine Lippen. Ich dachte, wir könnten beenden, was wir heute im Solarium begonnen haben.«

Sie zögerte lange genug, ihm eine neue Hoffnung zu geben.

Dann sagte sie: »Nichts geht mehr. Vielleicht hätte ich dich übernommen. Aber du hast es dir zu leicht gemacht, du hast mich nur als Rettungsanker betrachtet... – das mag ich nicht.« Olivia schüttelte den Kopf. »Ich will mehr als nur ein Werkzeug. Ich will mehr als nur einen Trunkenbold.« Sie betrachtet ihn von oben bis unten. »Du bist nicht einmal mehr die Schnapsrechnung wert.« Und dann warf sie ihm die Tür ins Gesicht.

15

Roy blieb ungläubig ein paar Sekunden lang stehen. Seine Augenlider begannen zu jucken, und er rieb sie. Dann drehte er sich um, nahm seine Tasche und ging in die Halle hinunter. Er war müde, er war unglaublich müde. In der Lobby blieb er wieder vor der Rezeption stehen. »Hey, ich ... ich hab' meine Brieftasche oben vergessen. Ich will ins Dorf, wie wäre es wenn Sie mir bis morgen zehn Dollar leihen würden? Ich bringe es Ihnen morgen früh gleich runter.« Der Mann schüttelte den Kopf. »Miss Blair hat mich vor ein paar Minuten angerufen, Kumpel. Sie wohnen nicht mehr hier. Sie sollten die Lodge besser verlassen. Wir mögen es nicht, wenn Herumtreiber in der Lobby schlafen.«

»Sie geben Leuten, die am Ende sind, gern einen Tritt in den Hintern, nicht wahr?«

Roy wandte sich um. »Was für ein Tag ist heute?«

»Sonnabend.«

Roy nahm seine Windjacke aus der Tasche. Frühling oder nicht, es war kalt draußen. Er ging hinaus. Auf dem Weg zum Dorf überlegte er sich, wo er schon einmal gewesen war und wo er vielleicht einen Drink ergattern konnte. Verdammt noch mal, er hatte dort eine Menge Geld ausgegeben . . . Als er noch Geld hatte. Sie schuldeten ihm etwas.

Als er die glatteisbedeckte Hauptstraße hinunterging, sah er die große Taverne in dem modernen Hotel. Auf dem Weg dorthin kam er an dem kleinen Haus vorbei, in dem er damals im November mit Hank und Helen gewesen war. Es schien eine Ewigkeit her zu sein. Nichts hatte sich hier geändert. Er sah Licht in dem Haus, er hörte Musik. Er hörte Studenten und Studentinnen sich unterhalten und schreien. Roy blieb stehen. Dann drehte er sich um und ging hinein. Niemand beachtete ihn. Er ging in die Küche, um sich einen Drink zu holen. Ein großer Junge nahm ihm die Whiskyflasche aus der Hand. »Von welcher Verbindung bist du denn?«

»Ich bin Skilehrer. Geben Sie mir was zu trinken, und ich werde tun, was Sie wollen.«

Der Junge lache. »Mann! Hey, Bob, kennst du diesen Knaben?«

Ein langhaariger Junge, der den Inhalt eines großen Kühlschranks inspiziert hatte, drehte sich um. Er sah Roy ein paar Sekunden lang an. »Ja. Ja! Ich weiß alles über ihn.« Bob hob die Arme. »Hey, Leute, seid mal still, wir haben eine Berühmtheit hier. Seid doch mal still!«

Die Jungen und Mädchen in der Küche drehten sich nach ihm um. Ein paar andere schauten aus dem Wohnzimmer herein. Bob stellte sich auf einen Küchenstuhl und sagte mit den Gesten eines Conférenciers: »Leute, wir haben heute nacht den einzigen und wahren Roy Chrysler zu Gast.«

»Wen?«

»Roy Chrysler ist bis heute der Liebhaber und Vertraute der weltbrühmten Miss Diane Blair gewesen!«

Augen leuchteten auf. Pfiffe ertönten. Und einige Mädchen kamen näher zu Roy.

Bob fuhr fort: »Leider hat ihn Diane heute rausgeschmissen, und nun ist er mitten unter uns, mitten unter dem gemeinen Volk, und versucht, ein paar Drinks zu schnorren.«

Roy sah die Verachtung in ihren Augen. Er blieb ruhig stehen. Es war genau das, was er verdiente. Er war nun soweit, daß er sich selbst verachtete.

»Aber ich bin sicher, daß Mr. Chrysler zu stolz ist, um einen Whisky zu betteln ... – warum soll er ihn sich nicht irgendwie verdienen? Irgendwelche Vorschläge?«

Ein Junge rief: »Wir wollen ihm ein paar Fragen über sie stellen, und er soll sie beantworten. Über Diane Blair.«

»Ja. Ein Drink pro Frage.«

Bob dämpfte mit einer Handbewegung die Stimmung. »Fragen und Antworeten – richtig! Wir haben hier einen Experten für Liebe und für Diane Blair. Fertig, Mr. Chrysler?«

Roy zögerte. Er kannte die Art von Fragen, die sie ihm stellen würden, aber er brauchte so dringend einen Drink, daß er sich nicht darum kümmern konnte. Er nickte ihnen zu und senkte seine Augen. »Okay.«

Roy wies auf den Jungen, der dieses Spiel vorgeschlagen hatte. »Du zuerst, Mark.«

Mark grinste. »Sind ihre berühmten Titten echt?«

Roy nickte; er sah auf die Flasche. »Ja.« Sie ließen ihn einen Schluck nehmen, ehe sie die Flasche wieder wegzogen. Es gab ein Gelächter, als er sich den Mund abwischte.

Ein dünnes Mädchen mit großen Augen piepste: »Färbt sie ihr Haar?«

Roy nickte wieder. »Das stimmt.«

»Ich dachte es mir«, rief das Mädchen.

Eine Stimme kam aus dem Hintergrund. »Ist es die einzige Schauspielerin, die Sie je im Bett gehabt haben?«

Roy hatte den zweiten Schluck getrunken. »Nein«, antwortet er. Er hatte immer noch Durst. »Ich war auch mit Olvia Erickson im Bett, und auch sie hat kein naturblondes Haar.«

Unter dem aufklingenden Gelächter durfte er einen größeren Schluck aus der Flasche nehmen. Er fühlte sich ein wenig besser. Aber er wollte noch mehr, noch viel mehr.

Die jungen Leute heizten ihm ein. »Ist sie gut im Bett? Ich meine Diane Blair.«

»Das sollte sie wohl«, gab er zynisch zurück. »Sie hat schließlich eine Menge Erfahrung.«

Der eine Schluck pro Antwort wurde streng eingehalten, und er zitterte, weil er mehr haben wollte.

»Warum hat sie Sie, gerade Sie zum Liebhaber ausgesucht?«

Roy sah das Mädchen an und sagte es ihr. »Weil ich einen großen Bimbam habe.« Das Mädchen wurde rot und verschwand, als die anderen es hochleben ließen. Die Fragen jagten sich, und er mußte genau aufpassen, um jedesmal seine Belohnung zu bekommen. Er beantwortete die verrücktesten Fragen und schonte sich selbst nicht. Der Whisky machte seine Zunge schwer, und er hatte oft viel Mühe, die richtigen Antworten zu finden.

»Wie macht sie's am liebsten?« – »Was sagt sie, wenn sie fertig ist?« – »Nimmt sie Verhütungsmittel?« – »Welche Stellung bevorzugt sie?«

Schließlich schnippte Bob laut mit den Fingern und kletterte auf den Tisch. »Hey, da fällt mir etwas ein. Waren Sie nicht zum erstenmal hier, als es irgendeine Kellnerin aus dem Lodge mit einem Kerl hier machte? Man hat die beiden rausgeschmissen, ja? Das war damals, als Sie die Sache mit Diane Blair anfingen. Sind Sie das?«

Roy nickte; er war schon betrunken. »Ja, das bin ich.«

»Und Sie haben sich mit dem Freund der Kellnerin geprügelt –«

»Jaja.«

Bob nickte lächelnd. »Ich erinnere mich, davon gehört zu haben. Das war der Junge, der hier ein paarmal mit seinem Mädchen eine Show abzog. Hank oder so. Ich glaube, sie arbeiten drüben im Hotel.« Bobs Lächeln wurde breiter. »Dieter, geh' doch mal rüber und sieh, ob du ihn findest. Das könnte interessant sein.«

Ein anderer Junge flüsterte etwas in Bobs Ohr. Bob sah ihn

nachdenklich an. »Es klingt gut, aber wir werden vorsichtig sein müssen. Immerhnin könnten wir es versuchen.«

Roy saß am Küchentisch und kümmerte sich nicht um die aufgeregten und durcheinandersprechenden jungen Leute, die die Küche verlassen hatten und in irgendeinem Zimmer waren. Aber dann kamen sie wieder in die Küche zurück.

Bob setzte sich zu Roy. »Chrysler, Sie sind ein sehr unterhaltsamer Bursche. Wir haben uns gedacht, wir sollten Sie für Ihre Anstrengung belohnen. Wir möchten Ihnen also ein bißchen weiterhelfen; hier in meiner Hand sind fünfzig Doller. Sie können einen Teil davon kriegen. Sie brauchen doch Geld?«

Roy nickte ein paarmal.

»Ich bin pleite.«

»Nun, Sie kriegen noch eine extra Flasche Whisky dazu, wenn Sie den nächsten Teil Ihrer Vorstellung gut machen.«

Roy verstand ihn nicht. »Vorstellung?« Er hob die Flasche. Bob nahm sie ihm weg. »Betrinken Sie sich nicht zu sehr, Chrysler. Sie sind mit Mädchen aller Typen und Größen im Bett gewesen, stimmt's? Sie haben es mit zwei der berühmtesten Sexbomben von Hollywood gemacht. Und nun wollen wir einmal den großen Chrysler in Aktion sehen. Es dürfte bestimmt sehr lehrreich sein. Was meinen Sie dazu? Fünfundzwanzig Dollar.«

Roy verstand. Er betrachtete die Flasche, es war nicht mehr viel drin, und nickte. »Okay, aber ich will fünfzig.«

»Fünfundzwanzig für Sie und fünfundzwanzig für das Mädchen.«

Roy zuckte mit den Schultern. Es kam nicht mehr darauf an. Er war jenseits von Gut und Böse. Sie erlaubten ihm, die Flasche zu leeren, ehe sie ihn in das rückwärtige Schlafzimmer brachten. Er warf sich ausgepumpt und müde auf das Bett. Ein paar Augenblicke später stießen ein paar Jungen eine Rothaarige mit fleckiger Haut und wirren Haaren ins Zimmer. Sie mußte um die Vierzig sein. Ihr Becken war so breit, daß das billige Kleid darüber Falten zog. Ihr Make-up war viel zu aufdringlich und man roch das billige Parfüm. Sie betrachtete mit wässrigen Augen die Szene. Dann holte sie tief Atem und begann sich auszuziehen, ohne sich um die Kommentare der Studenten zu kümmern, die den winzigen Raum füllten und das Bett umstanden.

Roy starrte erschreckt auf das rote Haar. Katy! Katy hatte auch rotes Haar. Die Hure kam zum Bett und begann ihn auszuziehen, anscheinend hatte sie Übung im Umgang mit Betrunkenen. Roy stieß sie weg, seine Augen lagen immer noch auf dem Haar, dessen Farbe so viele Erinnerungen wachriefen. Katy Peters. Süß, liebenswert, begehrenswert, die saubere Katy.

»Los, Chrysler, die Show beginnt!« – »Wir wollen mal sehen, warum Diane Blair so scharf auf Sie war.« – »Können Sie denn nicht sehen, daß die Lady einen reinhaben will?«

Roy versuchte aufzustehen und das Zimmer zu verlassen. Sie stießen ihn aufs Bett zurück. »Los doch, los!« Er rollte vom Bett auf die Knie und übergab sich. Sie versuchten, ihn hochzuziehen und aufs Bett zu werfen. Roy konnte es nicht. Nicht mit Katy. Er fiel auf das Gesicht und blieb liegen. Sie bezahlten die Hure, gingen hinaus und ließen ihn allein. Nach einer Weile rollte Roy auf den Rücken. Die Tür wurde geöffnet. »Hey, Herumtreiber, hier ist noch ein Gast!«

Roy öffnete mühsam die Augen. Es war Hank. »Du siehst ja schön aus! Hoppla, der große Mann! Ich bin froh, dich wiederzusehen, Roy!« Hank trat einen Schritt vor und spuckte Roy ins Gesicht.

In diesem Augenblick geschah es. Roy war stocknüchtern. Er wußte, daß er am Ende war. Und es mußte ein gutes Ende sein. Langsam, vorsichtig, stand er auf. Er zog die zerknitterte Windjacke aus und starrte Hank an. Er fühlte sich immer noch schwindelig und krank.

Hank rümpfte die Nase. »Mein Gott, wie du stinkst! Schlimmer als ein Mülleimer!«

Roy zog ein Taschentuch heraus und wischte sich über das Gesicht. »Ich schulde dir etwas, Chrysler! Du weißt, was mit Helen geschah? Sie kam auf die schwarze Liste und mußte nach Los Angeles zurück. Deinetwegen!«

Roy sagte: »Helen geht mich nichts an.«

»Nein, das stimmt. Aber mich geht sie etwas an. Und ich mag Männer nicht, die einem Mädchen ausspannen. Niemals! Und ich werde dir jetzt dein hübsches Gesicht zerschneiden, und dann wirst du nicht mehr so schön aussehen!« Hank sprang vorwärts und schlug Roy eine Serie von Haken gegen den Kopf. Roy konnte sie nicht abwehren. Er war auch nicht ganz sicher, ob er sich wehren wollte. Er mußte mit Schmerzen für seine Sünden bezahlen.

Plötzlich bückte sich Hank und schlug seine Faust tief in Roys Bauch. Roy krümmte sich, ein lauter Schrei löste sich von seinen Lippen. Hank grinste und schlug, während Roy seinen Bauch schützte, in das Gesicht seines Todfeindes. Roy sackte zusammen. Blitze zuckten vor seinen Augen. Hank trat ihn mit der Schuhspitze in die Rippen. Roy grunzte, rollte hin und her, raffte sich auf, stand nach vorn gebeugt, während der Schmerz in Wellen durch seinen Körper lief. Er bekam noch drei Schläge, dann schlug er zu, und Hanks Gesicht verschwand. Er blieb ausgestreckt auf dem Fußboden liegen.

Starke Hände griffen nach Roy. »Schluß jetzt!«

Von irgendwo klang Bobs Stimme über die Köpfe der alarmierten Studenten. »Schmeißt Chrysler raus! Schmeißt ihn auf die Straße.«

Sie zerrten Roy zur Tür und stießen ihn hinaus. Er taumelte auf der vereisten Straße. Wie ein Messer traf der eisige Wind sein Gesicht. Ein Fenster in der Hütte wurde geöffnet. »Chrysler! Hier ist deine Jacke und dein Gepäck!« Seine Sachen wurden auf die Straße geworfen. Er nahm sie auf. Sein Körper schmerzte. Das Gehen fiel schwer. Er zog seine Windjacke an, holte die Handschuhe aus seiner Tasche und fragte sich, was er nun tun sollte. Er war schlimmer dran als zuvor. Er hatte kein Geld. Nichts.

16

Roy wußte, daß er bei keinem im Dorf willkommen war. Ein Blick auf sein zerschlagenes Gesicht und seine verdreckte Windjacke würde jedermann veranlassen, die Tür vor ihm zuzuschlagen. Wohin sollte er gehen?

Er blieb auf der Straße stehen und dachte an Mrs. Jarvis, die ältere Frau, die Begleiter bezahlt hatte. Sekretäre, immer einen

Monat lang. Sie war reich, generös, geil, und vielleicht hatte sie ihren augenblicklichen Liebhaber satt. Wenn es ihm gelang, unbemerkt in die Lodge zu kommen, den Duschraum für die Angestellten zu benutzen, sich zu säubern und zu ihrer Suite zu gehen ... – er erinnerte sich, in welcher Etage sie war. Roy mochte nicht daran denken, daß er sie lieben sollte: eine alte Frau mit faltiger Haut. Sein Magen zog sich bei diesem Gedanken zusammen. Er brauchte Geld zum Essen und zum Wegfahren. Niemand konnte etwas dagegen haben, wenn er sich mit Mrs. Jarvis einließ. Sie war der einzige Ausweg.

Er versprach sich, daß er nur bei ihr bleiben würde, bis er hundert Doller zusammen hatte. Er würde nicht trinken. Er würde versuchen, seine verfluchte Kondition zurückzubekommen. Vielleicht konnte er wieder skilaufen. Und dann würde sich Diane ärgern, daß sie ihn hinausgeschmissen hatte. Sie würde sehen, was für ein wertvoller Mensch er war. Vielleicht würde sie ihn bitten, wieder mit ihm ins Bett zu gehen und er würde –

Roy schüttelte sich. Er starrte in die weißen Flecken links und rechts der Straße. Sie leuchteten in der Dunkelheit. Aber warum nicht? Er war doch noch jung. Alles war möglich. Er drehte sich um, ging an der Hütte vorbei und auf die Lodge zu. Wähend er überlegte, wie er am besten zu Mrs. Jarvis kommen konnte, hörte er schnelle Fußtritte auf der eisigen Straße hinter sich.

»Chrysler!« Roy blieb wie angwurzelt stehen. Hank kam aus der Dunkelheit auf ihn zu. Roy sah sein haßerfülltes Gesicht.

Sie prallten gegeneinander.

Und plötzlich fühlte er irgend etwas in seinem Körper. Er stöhnte auf und brach zusammen. Hank stach noch einmal zu und lief dann weg. Das Messer in seiner Hand war dunkel von Blut.

Roy preßte seine Hände auf die Wunde. Sein Pullover und sein Hemd saugten die warme klebrige Feuchtigkeit auf. Er stöhnte und versuchte aufzustehen. Sein Körper war seltsam schwach. Es überlief ihn, er fror und er schwitzte doch. Er flüsterte etwas vor sich hin. Er fühlte sich so seltsam ... so leer ...

Er preßte immer noch eine Hand auf die Wunde. Blut rann zwischen seinen Fingern hervor. Es gelang ihm schließlich, auf die Füße zu kommen, er machte ein paar Schritte auf das Dorf zu, dann fiel er wieder, das Gesicht nach unten. Die Wunde begann zu brennen. Roy stöhnte, er versuchte wieder aufzustehen, fiel wieder hin. Es war ihm sehr kalt. Er wußte, daß der Tod neben ihm stand.

Er kroch in die Mitte der Straße. Es konnte Stunden dauern, bis ein Auto vorbeikam. Roy preßte seinen Körper gegen das mit Eis überzogene Pflaster und hoffte, die Kälte würde die Blutung stoppen. Nach einer Zeit ließ der Schmerz nach und verschwand fast. Er konnte wieder klar denken. Er überlegte, daß es nicht wahr sein konnte, daß ein Mann angesichts des Todes nur die Dinge bedauerte, die er nicht getan hatte. Roy bedauerte, was er Katy angetan hatte. Er sah mit kristallener Klarheit, daß er den falschen Weg gegangen war. Er verschlang die Hände und schluchzte wie ein Kind. Er brauchte jemanden, der ihn liebte, der ihn nötig hatte, der bei ihm bleiben wollte. Er brauchte Katy. Er brauchte sie so dringend ...

Er dachte immer wieder daran, wie falsch der Weg gewesen war, den er gegangen war. Er war nur ein billiger Egoist gewesen, ein selbstsüchtiger Mensch. Die einzige Frau, die zu ihm gehörte, hatte er weggejagt. Nun mußte er dafür bezahlen.

Irgendwo im Dorf hörte er das Geräusch eines Autos. Er betete zu Gott, daß es zur Lodge fahren möge. Aber das Geräusch des Motors verschwand, und es fiel Roy schwerer, nachzudenken. Er kämpfte darum, wach zu bleiben. Er wußte, daß er immer noch Blut verlor. Die ruhige eisige Nacht kam ihm vor wie eine weiße weite Skipiste. Aber er konnte darauf nicht fahren. Er war gestürzt und starb. Er hörte auf zu denken. Er war halb bewußtlos, lethargisch. Er hatte kein Gefühl mehr in den Händen und Füßen. Roys Gedanken bewegten sich in einer Traumwelt, sie war halb real, halb Illusion. Ein winziger Teil seines Gehirns schien wach zu bleiben, vielleicht nur darum, daß er wußte, er würde sterben. Aber dieser winzige Teil schrie nach Leben. Er stellte sich vor, daß Engel zu ihm herabkamen und ihn mit ihren Flügeln umgaben. Ein Schutz gegen alles Böse. Und er hörte fast ihre Stimmen, die plötzlich seinen Namen riefen. »Roy ... Roy ... Roy ...« Ganz schwach hörte er ihre Stimmen.

»Roy, bitte ... wach auf!« Er fühlte, wie eine Erschütterung ihn durchlief. Er fühlte die Straße unter sich. Es war noch nicht hell, aber es würde bald ganz hell sein. Jemand beugte sich über ihn. Eine Frau. Rote Haare ... eine Brille ... Katy? Er versuchte, Worte zu formen, mit eisigen Lippen zu lächeln. »Ich ... ich ... liebe ... dich ... Katy.«

Sie weinte und sagte: »Ich liebe dich, Roy! Ich habe nicht aufgehört, dich zu lieben.« Und plötzlich war die Wirklichkeit wieder da. Er kämpfte darum, wach zu bleiben, während ein Krankenwagen kam und starke Hände ihn auf eine Bahre legten. Katy war wieder bei ihm. Sie weinte. »Ich habe Jean gebeten, mir immer mitzuteilen, wie es dir geht. Er hat mich gestern abend angerufen und er hat mir alles erzählt. Ich mußte zu dir kommen, Roy. Ich wußte, wie sehr du jemanden brauchtest. Mich.«

Er lächelte und hielt ihre Hand, während der Arzt seine Kleider aufschnitt und die Wunde untersuchte. Katy wandte ihr Gesicht ab. Roy versuchte seinen Kopf zu heben, aber er war zu schwach.

»Ist es sehr schlimm?«

Der Doktor runzelte die Stirn. »Sie werden es überleben. Ob Sie es glauben oder nicht, das Eis hat sie gerettet.«

Katy küßte Roys Wangen. »Ich habe einen herrlichen Platz für einen Sikladen gefunden. Soll ich ihn kaufen?« Roy stöhnte, der Schmerz in seiner Wunde war schlimm. »Nein. Tu' nichts ...« Er versuchte ein Lächeln. »Tu' nichts ... bis ich alles mit dir besichtigen kann ...«